中 華 教 育

王濤 策劃　王欐嫻 編著

詩詞之美帶你讀

1

走一趟文學大觀園：
怎樣閱讀這本書？

1. 本系列精選漢代至元代著名詩、詞、曲 151 首，都是中國詩、詞、曲精品中的精品。本系列共分三冊，本書為第一冊，收錄唐詩 50 首。

2. 本書主要目的在於引導讀者感受、體悟、欣賞、品鑒古典詩詞曲之美。並將感受、體悟、欣賞、品鑒所得，融入到自己的學習和生活，提高文化水平，提升人生修養。

3. 每首作品正文，分為兩個部分：【詩詞自己讀】目的在讀懂、讀通作品；【詩詞帶我讀】，包含相關文學知識、內容聯想、優美短文、金句品鑒、使用指導等，加深對作品的認識、欣賞和運用。

4. 每一首詩、詞、曲作品皆有原文與語體文翻譯的對照，字詞解析。

5. 【詩詞小知識】包括作者生平、撰寫背景、文體知識、擴展閱讀。為青少年讀者提供多種多樣、富於趣味的中華古典文化知識。

6. 【讀完想一想】、【金句學與用】兩個欄目。前者在引導讀者讀原作的同時，聯繫實際生活，作些思考，抒發些感想。後者以作品中膾炙人口的名句，點示出生命哲理與人文情懷。兩者尤其能豐富青少年讀者在成長中的人生體會，寫作學習中的文字的錘煉。

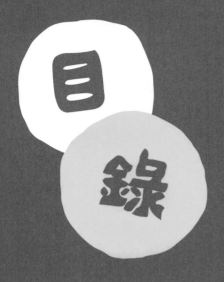

春 曉[1]

唐　孟浩然

春眠不覺曉[2]，
處處聞啼鳥[3]。
夜來[4]風雨聲，
花落知多少。

註釋

1. 春曉：春天的早晨。
2. 不覺曉：不知道天亮了。
3. 啼鳥：鳥鳴聲。按照意思，這裏其實應該是「鳥啼」，詩中出現倒裝，以便符合押韻的規定。
4. 夜來：昨天一整個晚上。

這首詩詞講甚麼？

春夜睡醒，不知不覺天光已亮，遠近各處全是鳥兒清脆的鳴叫聲。

昨夜陣陣的風聲雨聲，你可知摧落了多少美麗芬芳的花朵呢？

讀完想一想！

1. 香港的春天是怎樣的？

2. 你在春天和家人朋友去過公園和山野嗎？你看到甚麼景象？

3. 除了鳥語和花朵，我們還會用甚麼自然界存在的東西代表春天？

詩詞中的美景

　　春日的陽光普照大地，漸漸地告別了冬天的嚴寒和蕭條。小草悄悄地鑽出地面，羞澀地揚起了頭。樹葉生意盎然地長了出來，點綴着原本蕭條的山野和落寞的庭院，一派嫩綠鵝黃。許多花兒也綻放了：山桃花、杏花、玉蘭花⋯⋯全都沐浴着温暖的陽光，在春風中搖曳。多麼美麗誘人、生機勃勃啊！

　　人們的心情也隨季節的美妙輪換變得舒暢輕鬆。詩人夜間在甜美的心境中安睡，朦朦朧朧地似乎感覺到有風聲有雨聲。

　　春來了，春來了，詩人的睡眠更加沉酣，直到天色大亮，陽光温柔地照在窗前。無數的小鳥早已在枝頭之上蹦蹦跳跳，清脆地鳴叫着，如輕音樂一般不絕於耳。這麼美好的清晨，詩人怎能不醒來呢？他怎能不覺得非常愉悅呢？

　　忽然間，窗外和暖明麗的景象，讓詩人想起夢中微微覺出的清風細雨來。那陣陣的微風輕拂，潤物細無聲的小雨，不知搖動了多少花兒落在草地上？綠草如茵的地面襯托着繽紛的落花，是怎樣的一幅自然畫圖喲！柔美的、細嫩的春哪，怎禁得起陣陣風雨，直摧得花兒朵朵落，風光落盡又一春哪！如何能夠留住這春光呢？詩人心中不由得泛起了微微的惆悵。

詩詞小知識

這首詩屬於五言絕句。五言絕句為近體詩的一種，格律嚴格，每首四句，每句五字，共二十字。押韻上，第二、四句一定要押韻，第三句一定不可押韻，第一句則可押可不押。

甚麼是押韻？原來古人寫詩時，一些句子最後會用讀音相似的字，使詩歌在節奏上鏗鏘動聽，也容易記憶。這些讀音相似的字，也叫做韻腳。

那麼這首詩押韻的字是哪一些？讀完全詩我們知道，它押韻在第一、二、四句，韻腳是「曉、鳥、少」三字。

金句學與用

夜來風雨聲，花落知多少。

原句看似簡單地描述了一晚春夜的風雨後，不知打落了多少美麗的花朵一事。其實句中是以景喻情，寄寓了作者人生的無限感慨。

 進行中文寫作的時候，我們可以在感慨歲月流逝與美好時光過去的場合，使用這一句話。當然如果是描寫與這句詩相似的自然景況，也很適合引用！

登鸛雀樓[1]

唐　王之渙

白日依山盡[2]，
黃河入海流。
欲窮[3]千里目[4]，
更[5]上一層樓。

註釋

1. 鸛雀樓：位於今天的山西省永濟市黃河之濱。鸛雀樓是中國著名的古代樓閣之一，與黃鶴樓、岳陽樓、滕王閣並稱為中國古代四大歷史文化名樓。
2. 白日依山盡：傍晚太陽依傍着山巒慢慢西沉了。
3. 窮：窮盡，想要達到極點。
4. 千里目：極遠極寬闊的眼界。
5. 更：再。

這首詩詞講甚麼？

夕陽依傍着西邊連綿起伏的山巒，漸漸沉落，直至消失於視野之中；不遠處的黃河奔流不息，匯入大海。如果想要觀看到更遠更壯觀的景物，就需要登上更高的一層樓了。

讀完想一想！

1. 這首詩中前兩句作者見到了甚麼樣的景色？帶給人怎樣的觀感？（可以用壯觀 / 秀麗 / 溫暖等詞彙來描述）

2. 你認為本詩的最後一句，表達了作者的甚麼想法呢？

詩詞中的美景

　　詩人王之渙，這一天登上山西永濟縣的鸛雀樓。正值黃昏時分，他站在樓前放眼望去，遠處一輪落日正依傍着連綿起伏的山巒漸漸西沉，最後在視野中消失不見了。不遠處的黃河奔流不息，滾滾而來，又在遠處折而向東，匯入大海。

　　千載以來，北國河山以其磅礴的氣勢和如此壯美的景象，給予我們多少豪放的激情，激勵着多少有識之士詠歎出幾多豪邁的詩詞啊！

　　儘管人生短暫，然而山河永存，詩人高遠的理想、超凡脫俗的心靈，此時深受大自然的震撼，從而由心裏產生出積極探索和無限進取的志向來。那些個坎坷算得了甚麼？那些個不如意簡直渺小極了。我要有大自然那麼寬闊的胸襟，把握住美好壯麗的人生，要把有限的生命發揮得像山河美景般輝煌燦爛。

　　想到此，詩人的胸襟越加豁達，意氣越加奮發起來。眼前動人心魄的景象，似乎不滿足於他了，他想要極目千里之外，看夕陽更圓更美豔，看群山峻嶺愈加綿長雄渾，看黃河奔騰咆哮得愈加迅猛，那麼，詩人想，就只有登上鸛雀樓更高的一層了。所謂「站得高，看得遠」，不正是深刻而樸素的哲理麼？

詩詞小知識

　　平仄指的是文言韻文中用字的聲調。平指平直，仄指曲折。古漢語分四種聲調，稱為平、上、去、入。除了平聲，其餘三種聲調都會有高低的變化，所以稱為仄聲。一些保留着古漢語要素的漢語方言，還在四聲上發展出新變化，比如粵語就有陰平、陰上、陰去、陽平、陽上、陽去、高陰入、低陰入及陽入聲九聲。

　　讀一讀《登鸛雀樓》，你能分辨出那些字是平聲，哪些是仄聲嗎？

金句學與用

欲窮千里目，更上一層樓。

　　想要看到更遠更壯闊的景色，就要站到更高處。這句話用在學習上，也可以理解為想要學到更多，獲得更大的進益，就要不懈努力，勇攀高峰。

　　寫議論文的時候，可以引用這一名句！

秋日湖上

唐　薛瑩

落日五湖[1]遊，
煙波處處愁。
浮沉[2]千古事，
誰與問東流？

註釋

1. 五湖：這裏指江蘇的太湖。
2. 浮沉：描寫在水中時而浮起時而下沉的樣子，這裏也指歷史上的興亡。

這首詩詞講甚麼？

太陽落山的時候，我乘船在太湖之上遊覽。太湖煙波浩渺，我的心不由得升起陣陣惆悵。千古以來，人世間多少往事都在沉沉浮浮中付諸東流，遠遠地逝去了，有誰還會關注那些沉寂埋沒了的歷史往事呢？

讀完想一想！

1. 遊覽歷史名勝古跡時，你會產生甚麼樣的感悟？

2. 你現在最想去哪一個著名的歷史文化景點遊覽？為甚麼？

詩詞中的美景

　　我在太湖的波光水影中乘船遊覽。遠遠望去，在那海天交接之處，如血的太陽正慢慢地西沉。此時美麗的秋天已經降臨，白晝日短，暮色漸合，遊船在水波平靜的湖面上緩緩行進着。浩瀚無邊的太湖啊，一望無際，實在壯闊得讓我心生感慨，更何況陣陣秋風沁人心脾，真個是愜意啊！

　　然而，我想起古時吳國和越國不正位於浙江江蘇一帶，都在太湖周圍嗎？吳越爭霸，吳國被越國所滅的歷史故事，早已被這大浪滔滔的太湖淹沒，逝去久遠了。

　　大自然如此廣博，人類歷史如此浩瀚，說不盡的千古往事沉沉浮浮地盡付東流啊！秋風蕭瑟，落日餘暉，前不見古人，後不見來者，天地悠悠，煙波江上使人愁啊！

　　除了我此刻觸目生情，還有誰人能憶及盛衰往復，連綿不絕的歷史？又有誰和我一樣地感到世事沉寂，往事如煙的無奈呢？

詩詞小知識

　　懷古詩是中國古代詩詞中一種常見的類型。通常是作者遊覽憑弔某個歷史地點，或者讀到、想到某些歷史事件，回顧古人的功業生平及歷史教訓，借景借事來抒發自己的感情。《秋日湖上》這首詩，是詩人泛舟太湖時，想到春秋戰國吳越爭霸的往事，有所感懷寫下的，因此屬於懷古詩的範疇。

金句學與用

浮沉千古事，誰與問東流？

　　《三國演義》中有一曲《臨江仙》，其中寫到「滾滾長江東逝水，浪花淘盡英雄。」似乎永遠流淌不息的水，和逝去不回頭的歷史結合，愈發給人蒼涼雄渾的興亡之感。

汾上驚秋

唐　蘇頲[1]

北風吹白雲，
萬里渡河汾[2]。
心緒逢搖落[3]，
秋聲不可聞。

註釋

1. 頲：音同「挺」。
2. 河汾：河指黃河，汾指汾水，這裏的意思是黃河與汾水交匯的地方。
3. 搖落：樹葉秋天凋零飄落，這裏引申為人的心情隨着見到樹葉飄落，也變得憂愁不定。

這首詩詞講甚麼？

　　北風勁吹，白雲隨風飄向遠方。我就要渡過汾水去到那遙遠的地方。我的心緒啊，惆悵又紛亂，正趕上草木凋零的深秋，真的不想聽那秋風搖落黃葉的聲音了。

讀完想一想！

1. 你在秋天見到樹葉飄落，會想到甚麼呢？

2. 在詩詞中，秋天常常和作者憂愁的情緒聯繫在一起，想一想這是為甚麼？

3. 你還讀過哪些將秋天和人們的心緒聯繫在一起的詩詞？

詩詞中的美景

　　秋風蕭瑟的季節，陣陣的北風吹起，吹得白雲向遠方飄去。草木變黃，樹葉紛紛飄落，汾水也掀起了波瀾。

　　詩人此刻正要渡過汾水，去往萬里之外的地方。他在河上被北風一吹啊，頓覺一陣寒涼襲來，方才意識到天地間滿溢着一派肅殺的凋零氣息，簡直像被勾去了魂魄一般的悲涼起來。

　　這段時日，他心緒煩亂，失意落寞，本來就不願舟車勞頓，渡河去到那遙遠的地方。何況，眼下一副頹敗的景象：秋霜肆虐，群花枯萎，黃葉飄零，他心裏想的是寒冬就要降臨，欣欣向榮的景象已經消逝。他這心裏啊，更加平添了一分愁緒，更不願聽到北風陣陣呼嘯的聲音了。

詩詞小知識

　　本詩按照主題分類，可以劃分到「悲秋詩」的範疇。「悲秋」一直是中國古典文學長盛不衰的主題。雖然秋天是收穫的季節，但同時天氣變涼、動物遷徙、草木凋零，給人帶來萬物漸漸走向死亡的淒涼感。自屈原起，每逢西風蕭蕭的時節，善感的詩人們就會將秋天意象與自己的經歷結合起來，創作悲秋主題的作品。悲秋詩與詩人自己的所思所歷結合，常常會引申到仕途不順、生老病死、遊子漂泊、生活艱苦、國家憂患和歲月流逝等體會。

金句學與用

心緒逢搖落，秋聲不可聞。

　　因為心中惆悵，所以觸景生情，都無法聆聽代表蕭瑟秋意的樹葉搖落聲。這種描寫心緒的手法多麼生動啊！

　　我們在寫文章的時候，也可以學習這種技巧。

尋隱者不遇

唐　賈島

松下問童子，
言[1]師採藥去。
只在此山中，
雲深不知處[2]。

註釋

1. 言：說，回答。
2. 處：行蹤，位置。

這首詩詞講甚麼?

　　我來到大山裏,在一棵蒼松下,遇到隱者的小徒弟。我詢問他的師父在哪裏,小徒弟說師父採藥去了,就在這座大山中,但是雲深霧重,也不知道師父在甚麼地方。

讀完想一想!

1. 你有過拜訪親友但對方不在家的經歷嗎?當時你是怎麼做的?

2. 你可以給這首詩續一個故事結尾:詩人找不到隱士,之後怎麼辦?

詩詞中的美景

　　詩人仰慕隱居山中的世外高人，特意滿懷熱情地來到山裏拜訪。他看見一位小童子站立在一棵蒼松下，於是上前問他可知這位隱者在甚麼地方。原來，小童子是隱者的小徒弟，詩人心情立刻輕快起來，內心升起了希望。小童子回答說師父採藥去了，就在這大山裏；可是這山啊，雲那麼深，霧那麼重，他也不知道師父在哪兒。

　　知道要找的高人就在此山中，卻無法得知他的行蹤，不知去哪裏才能找到，這使得詩人失望了，心情啊，一下子失落了。

　　他抬頭向遠處眺望，只見重重山巒，雲霧繚繞，滿山林木茂密，翠綠的松樹彎彎倒掛。他想要拜見的這位隱者啊，其實是位飽讀詩書的賢士。他超凡脫俗，不圖高官厚祿，遠離喧鬧繁華的人世來此隱居，境界多麼獨特、思想多麼崇高啊！他以採藥為生，濟世救人，品格真的和蒼松一樣傲然挺立，風骨就像白雲一樣高潔啊！詩人的仰慕之情更加深厚了。

詩詞小知識

　　讀這首詩，好像正在旁觀作者和小童子的談話。這就是所謂的問答體。《尋隱者不遇》雖然只有短短的二十個字，但其中已經包含了往來三次對話，說明了作者拜訪隱者但未能如願的經過，可以說是言簡意賅，字字如金了。

金句學與用

只在此山中，雲深不知處。

　　短短十個字的兩句詩，不但交代了對話結果，還用幽深的高山，飄逸的白雲襯托出隱士的高潔情操，和作者尋訪不到仰慕的賢人悵然的心情。

　　我們寫文章，也要注重言簡意賅，以清楚準確地傳達想要表達的意思為重點。

靜夜思[1]

唐　李白

床前明月光，
疑[2]是地上霜。
舉頭[3]望明月，
低頭思故鄉。

註釋

1. 靜夜思：在安靜的夜裏產生的思索。
2. 疑：好像。
3. 舉頭：抬起頭。

這首詩詞講甚麼？

秋天夜晚的月光十分明亮，透過窗戶射到床前地面上。詩人夜半醒來，看到這景象，以為是一層白霜呢。他抬頭一望，一輪明月高掛天空，原來是月光，不禁想起遠離很久的故鄉，低下頭來，陷入了深深的思鄉之情中。

讀完想一想！

1. 離家在外，獨自一人的時候，會想念家中的親朋好友，你自己或者家人有過這樣的經歷嗎？試分享一下當時的心情。

2. 詩中的月光像白霜一樣，非常美麗。你眼中香港的月色是怎樣的呢？試描述一下。

詩詞中的美景

　　詩人遠離家鄉，獨自一人在外奔波。正是又一個清冷的秋天夜晚，他已和平日一樣入睡了。

　　夜半時分，庭院寂靜，沒有一點聲響。皎潔的月光透過窗戶射到床前地面上，朦朧中睡着的詩人，從迷離恍惚的情景中醒過來了。猛地一看，覺得好像是地上鋪了一層潔白的濃霜；可是他定定神再一看，這不是寒涼的秋霜，而是月亮的光輝。

　　他被眼前的景象吸引，完全醒過來了。抬頭一望，啊，天空中，一輪明月已升到中天！夜深人靜的秋夜啊，我孤身一人在外，能不思念家鄉的父老兄弟嗎？能不想起眾多的親朋好友嗎？還有無數的往事以及家鄉的山水⋯⋯此時，明月也同樣照耀着我的家鄉啊！

　　離鄉而深夜不能入睡的詩人，不由得低下頭，陷入沉思之中⋯⋯

詩詞小知識

　　《靜夜思》一詩，以望月思鄉的題材流傳千古，不過它不是第一篇使用這類題材的詩文呢。早在南朝，辭賦名家謝莊的《月賦》中，就有「美人邁兮音塵闕，隔千里兮共明月」的句子。而在李白之前，唐代詩人張九齡著名的《望月懷遠》，就有「海上生明月，天涯共此時。情人怨遙夜，竟夕起相思」的句子；初唐詩人張若虛的《春江花月夜》的「誰家今夜扁舟子，何處相思明月樓」「此時相望不相聞，願逐月華流照君」亦有藉月思念家園親人的意味。到了宋代，蘇東坡膾炙人口的《水調歌頭》名句「人有悲歡離合，月有陰晴圓缺，此事古難全。但願人長久，千里共嬋娟」抒發的亦是相似的情懷，可以說，對月思懷，是留在中國人文化基因裏的重要一筆。

金句學與用

舉頭望明月，低頭思故鄉。

　　這兩句詩可以說是懷念家鄉的千古名句了。抬頭看着月亮，想到故鄉的親友是不是也在望月思人呢？

　　現在我們可能還缺乏離開家人獨自生活打拚的經歷，但可以通過閱讀詩歌，體味別樣的人生。

相　思

唐　王維

紅豆[1]生南國，
春來發幾枝。
願君多採擷[2]，
此物最相思[3]。

註釋

1. 紅豆：這裏的紅豆與我們日常用來製作甜品的紅豆不同，是一種別名相思子的植物種子。這種植物的果實為紅色，一端有黑點，有毒性，不可食用。
2. 採擷：採摘。「擷」音同「揭」。
3. 相思：思念，想念。

這首詩詞講甚麼？

　　紅豆生長在南方，每逢春天來臨，紅豆就會長出茂盛的新枝葉。

　　希望有着思念之情的人啊，多多地採摘紅豆，因為它最能表達和傳遞人們相互思念的感情。

讀完想一想！

1. 紅豆在古人心目中，可以用來表達相思的感情，你還知道甚麼可以用來傳情達意的植物呢？

2. 想一想，詩中的紅豆，可能會送給甚麼人呢？

詩詞中的美景

　　紅豆這植物啊，生長在南方。每到春天，它就長出許多新的枝葉，在秋季結出紅豔豔的小果實，漂亮極了。

　　傳說有這麼個故事：古代的一位女子，因為丈夫征戰邊疆而死，她思念丈夫日日流淚不止，最後悲傷過度哭死在樹下。以後這棵樹啊，就生出了一顆顆紅豆。

　　小小紅豆，不是大自然給予情人之間珍貴的禮物嗎？所以詩人熱切希望，每一個心中懷有深摯情感的人，一定要多多地採摘紅豆。除了時常把玩，將深情寄託於紅豆，還可以寄幾顆給相隔兩地所愛的人。這樣讓愛人看見紅豆，就想起自己的深情厚誼。除了表達自己對愛人的思念，同時也含有期待對方能像自己一樣，相互思念的寓意。

詩詞小知識

　　紅豆這種植物可以代表相思的意思，有了這個約定俗成的意象，人們在詩文中看到它，就知道作者想要表達的情感。像後來晚唐詩人溫庭筠《錦城曲》寫送紅豆給遠行朋友：「江頭學種相思子，樹成寄與望鄉人。」以及男女戀愛訴說相思的《新添聲楊柳枝詞》「井底點燈深燭伊，共郎長行莫圍棋。玲瓏骰子安紅豆，入骨相思知不知？」都是運用紅豆相思之意的經典。草木緣情，是中國古典文學中常見的內容。在最早的詩歌總集《詩經》中，就常見以植物表達情感的寫法。我們閱讀古代經典作品，看到楊柳就會想到離別，看到菊花常常想到隱逸高潔，小小的植物，也寄託了人們豐富的情感呢！

金句學與用

願君多採擷，此物最相思。

　　請多多採集代表着思念的紅豆送給遠方的人吧，儘管沒有文字，對方也可以理解小小物件中蘊含的心意。含蓄的中國人，有時並不會直接說出心中的情感，而是將其寄託在一些物件和意象上，如果對方能夠理解，更有「心有靈犀」的趣味。

　　在練習寫作關於物品的描寫文時，也可以多多思考，這件物品包含了甚麼樣的情感或意義呢？

秋浦歌

唐　李白

白髮三千丈，
緣愁似個長[1]。
不知明鏡裏，
何處得秋霜[2]？

註釋

1. 個長：一樣長。
2. 秋霜：這裏拿秋天雪白的霜來指代白髮。

這首詩詞講甚麼？

我頭上的白髮有三千丈那麼長啊，甚麼緣由呢？是因為我心裏的憂愁像三千丈的白髮那麼樣的長。對着明亮的銅鏡照照自己，頭髮怎麼這麼白了呢？真不知是從哪兒染上的秋霜啊！

讀完想一想！

1. 丈是古代的計量單位，一丈大約有三米多長，詩中的「白髮」在現實中不可能長到三千丈那麼長，為甚麼詩人要這麼寫呢？

2. 詩人感歎頭上長出的白髮，你認為他是在歎息時光流逝、心情憂愁，還是因為別的事情呢？

詩詞中的美景

　　我頭上的白髮呀，足有三千丈那麼長。作者七尺之軀，已是堂堂男兒了，卻怎麼也不可能有三千丈那麼長的頭髮呀？

　　那麼，詩人為甚麼這樣形容？因為啊，愁一愁，白了頭。詩人心中的悲憤與憂愁，實在是如同滔滔江水那般無止無盡！可是，誰能從我的外貌看得出來呢？只好用「彷彿長出了三千丈那麼長的白髮」來比擬啊！

　　不過，詩人抒發內心的悲與愁，還不止這些，當他對着明亮的銅鏡，攬鏡自照，不由得一驚，鏡子裏滿頭的白髮呀，有如寒涼的秋霜那麼的白，哪裏能尋得到一根青絲呢？這是怎樣的一回事呀，許許多多的白霜從甚麼地方飛到了我的頭上呢？

詩詞小知識

《秋浦歌》並非只有我們讀到的這一首，李白在天寶年間遊歷秋浦（今天安徽省池州市），曾以《秋浦歌》為題寫下十七首詩，本詩就是它們當中的一首。這種使用同一詩歌題目，內容可能彼此有聯繫的若干詩歌組成的作品，我們叫做組詩。像陶淵明的《歸園田居》五首，李白的《清平調詞》三首都是著名的組詩作品。

金句學與用

白髮三千丈

前面我們說到，現實中人的頭髮不可能長到這麼長，這句詩用的是誇張的手法。

寫作文的時候，為了強化要表達的內容，可以適當採用誇張的寫法！

遊春曲

唐　王涯

萬樹江邊杏，
新開一夜風。
滿園深淺色[1]，
照在綠波中。

註釋

1. 深淺色：指林中杏花開放時深淺不一的顏色。

這首詩詞講甚麼？

在江邊遊賞萬株杏樹林，正好吹起一夜春風，催開了許許多多的杏花。整個杏樹林杏花顏色深深淺淺，倒映在碧綠的江水中，無比美麗。

讀完想一想！

1. 試着畫出詩人描寫的景色。

2. 大家春天出門遊玩，喜歡去甚麼地方，看甚麼樣的風景？

詩詞中的美景

　　詩人出遊賞春，漫步在江邊一望無際的杏花林裏，剛好昨天夜裏吹起了陣陣春風，催開了一樹又一樹的杏花，有的粉紅，有的粉白。

　　這些深深淺淺不同的顏色，倒映在平靜的碧波之上。花的顏色漫染着江水，江水浸潤着杏花；江岸萬株花樹，水中花影搖動，相互映襯，渾然天成。這濃郁的春色啊，簡直說不出的美妙！

詩詞小知識

　　《遊春曲》，顧名思義，講的是人們春天外出遊覽看到的景色。但同時，這首詩也可以作為歌詞配上琴曲來唱。明代謝琳的《太古遺音》中提到，東漢的蔡邕擅長鼓琴，他去山裏造訪賢人，有感而發創造了五種琴曲，稱為《蔡氏五弄》，《遊春曲》就是其中之一。以這些曲子為題填寫的詩歌，有可能配合原曲，在格律聲調上有所要求。

金句學與用

滿園深淺色，照在綠波中。

　　開到不同程度，深淺不一的杏花在岸上的春風中搖曳，美麗的花影，在江水的碧波中蕩漾，這強烈的顏色對比，不禁讓我們身臨其境。

　　寫作景物描寫文時，注意景物的顏色，可以使文章更加生動。

登樂遊原 [1]

唐　李商隱

向晚 [2] 意不適 [3]，
驅車登古原。
夕陽無限好，
只是近 [4] 黃昏。

註釋

1. 樂遊原：在今天西安城南，是唐代長安城內地勢最高的地方。
2. 向晚：傍晚。
3. 意不適：不愉快，心裏不適意。
4. 近：快要，快到。

這首詩詞講甚麼？

傍晚時分，我忽然覺得心情不太舒暢，於是就乘着馬車去樂遊原散心。夕陽西下的景色無限美好，可惜的是已經到了日暮黃昏的時候。

讀完想一想！

1. 這首詩說明了作者怎樣的心境？
2. 你認為黃昏可以讓人聯想到甚麼？產生甚麼樣的感情？

詩詞中的美景

　　傍晚的時候，詩人覺得心情有些低落，於是就乘着馬車去城南古時的樂遊原，想要驅散心中的鬱悶。

　　正好是夕陽西下時分，透紅的落日又大又圓，照得天空原野金光燦燦，真是美麗極了。

　　這麼美好的景色，實在讓人留戀啊！可惜的是，世事萬物由盛而衰，韶光易逝，轉眼就是百年。天色漸晚，黃昏就要來臨，美好的夕陽啊，也要落到地平線之下，很快就看不見了，籠罩大地的，將是越來越濃的夜色了。

詩詞小知識

　　《登樂遊原》是李商隱的一首抒情詩。李商隱是晚唐頗有成就的詩人，他的抒情詩有以下幾個特點，我們可以來看看《登樂遊原》這首詩符合其中的哪幾項：

1. 較少直抒胸臆，而是婉轉曲折，藉由別的事物表達自己的情緒。
2. 情緒複雜，意境朦朧，因此後人對他的抒情詩常有不同的解讀。
3. 多愁善感的氛圍。

金句學與用

夕陽無限好，只是近黃昏。

　　這兩句話看似平常樸素，但卻蘊藏着很深的哲理。有些人認為這是詩人感歎美好的事物將逝，為無力挽留而傷懷；也有人覺得這是詩人即便在日暮黃昏，一天將盡時還能發現自然的美好，是熱愛生命的表現。

　　在寫景的文章中，遇到黃昏美景，同學們可以通過這一句話抒發自己的感情。

古風／憫農

唐　李紳

鋤禾日當午[1]，
汗滴禾下土。
誰知盤中餐[2]，
粒粒皆辛苦[3]。

這首詩詞講甚麼？

中午，太陽曝曬之下，農民在田裏為禾苗除草翻土，汗水一滴滴地落到禾苗下面的泥土中去。

有誰知道，我們每餐盤中的糧食，一粒一粒都是農民艱辛的勞作換來的啊！

讀完想一想！

1. 這首詩想要告訴我們一個甚麼道理？
2. 你想和家人去新界的鄉村，看一看農作物是怎樣種植出來的嗎？

詩詞中的美景

　　烈日當空的中午，勞作了一上午的農民沒有休息，依然在田裏幹活。他們用沉重的鋤頭，除掉多餘的禾苗和雜草。一滴滴的汗珠從他們的臉上落進禾苗下面火熱的土地，也濕透了他們的衣衫。

　　民以食為天，無論是高官厚祿的官員、衣食無憂的知識階層，或是處於社會底層的各種行業的勞動者，對每一個人來說，「盤中餐」難道不是維持生命的必需品嗎？

　　可是，又有誰在食用美食或粗茶淡飯的時候，想到上面所描繪出的那樣一幅畫圖呢？誰能把一口口吃下去的飯食和農民在烈日之下的汗水聯繫在一起呢？

　　廣袤的億萬畝土地上啊，有多少農民，他們無論嚴寒酷暑，風霜雨雪，終年辛勤勞動着耕耘着。那一粒一粒的糧食，都是這些生活最艱難、工作最艱辛的農民們用勞動換來的啊！

　　詩人將最平常、最熟悉，甚至大家最熟視無睹的事情，用「當午」「汗滴」「盤中餐」「辛苦」這樣最平常的詞語，揭示出最深刻的道理，這是為甚麼呢？

詩詞小知識

　　古語有云，讀書人應當「齊家治國平天下」，因此歷朝歷代的文人，即便不做官，也有不少人有着關注社會民生的情懷。農業是中國封建王朝的根本所在，唐詩中可以見到不少與農業和農民生活有關的詩歌。這些詩歌的內容，有的展示當時的農業生產情況（比如農民種植糧食，農婦種桑養蠶，漁民和牧民畜養捕捉動物等），也有的體現出詩人對農民生活的感悟（體憫農民的辛苦，羨慕田園之樂，感歎農民的勞動成果被統治者剝奪等）。

金句學與用

誰知盤中餐，粒粒皆辛苦。

　　或許你過去沒有讀過這首詩，但父母老師已經用這兩句詩教育過你珍惜農民的勞動成果，不能浪費糧食了。儘管現在我們的生活已經足以溫飽，但世界上還有許多人忍受着貧困和飢餓。糧食不足現在仍是世界各國着力解決的問題。

　　關於珍惜勞動，珍惜糧食的名句，可以用在說理的議論文，亦可以用在情境合適的抒情文當中。

江 雪

唐　柳宗元

千山鳥飛絕[1]，
萬徑人蹤[2]滅。
孤舟蓑笠[3]翁，
獨釣寒江雪。

註釋

1. 絕：沒有。
2. 人蹤：人走路留下的痕跡，足跡。
3. 蓑笠：蓑衣和斗笠，都是古代用來遮擋頭身的防雨衣服。

這首詩詞講甚麼？

　　所有的山上，都不見飛鳥的身影，不知牠們飛到哪裏去了。所有的道路都不見人的蹤跡，不知人們躲到甚麼地方了。

　　江面上只有一隻孤獨的小船，一位披蓑衣戴笠帽的老翁，在下着大雪的寒冷江面上釣魚。

讀完想一想！

1. 作者只用了二十個字就描繪出了一幅寒冷孤獨的景象，嘗試將這個畫面畫出來。

2. 詩中是通過哪些元素，體現出冬天山水間清冷的氛圍呢？

詩詞中的美景

　　一座座雄偉的大山啊，原有數也數不清的各種鳥兒飛翔歡鳴。可是，如今卻連一隻鳥兒也看不見，不知牠們都飛到哪裏去了。一條條道路啊，每天要有多少行人來去匆匆，往來不絕啊！但是現在，一個人影也沒處去找，也不知這麼多人都躲到了何處？

　　只有一隻小船，孤獨地停泊在江面上。一位身披蓑衣、頭戴笠帽的老翁，形單影隻地在釣魚。

　　大雪不停地下，下得密密的、厚厚的。山巒、樹木、道路、房屋、江河全被大雪封住，就連小船和老翁的蓑衣笠帽上，也全被白雪蓋住了。

　　世界變得如此寂靜無聲，絕對的寒冷、空靈、冷漠，一片空濛迷茫，彷彿到了世界末日那般。大自然如此奇特如此壯觀！雖說寥廓浩瀚的雪世界，是難得的美景，天地之間一塵不染，如此純潔，然而也還是有幾分淒冷寂寥的感覺啊！

　　可是，漁翁卻不畏嚴寒，不怕孤獨，在佈滿大雪的江心拿着魚竿專心致志地垂竿釣魚。

　　他是多麼超然物外，脫離世俗，敢於挑戰自然極限挑戰自我啊！一切有生命的都沉寂了，他卻能夠自得其樂，享受如同在孤島上那樣自由自在的樂趣。

詩詞小知識

　　本首詩中，穿着蓑衣，戴着斗笠，獨自在寒冷落雪的江面上釣魚的老翁，可能是一個漁夫，也可能是一位志趣高潔的隱士。其實，在中國古典詩詞中，有些時候漁夫和隱士是合為一體的。早在屈原《漁父》的時代，老漁人就能說出「滄浪之水清兮，可以濯吾纓；滄浪之水濁兮，可以濯吾足」的哲學思考。在後世的詩文中，漁夫划船孤身來去，寄情於天地山水之間自由自在，不謀求名利，不沉淪世間紛擾，已經成為了一個堅持操守，追求自由的文化符號。《江雪》這首詩是柳宗元改革失敗，被貶謫外地時所寫，因此詩中的蓑笠老翁，也是他自己表達情懷的寫照。

金句學與用

千山鳥飛絕，萬徑人蹤滅。

　　這兩句詩寫出了冬天大雪封山，人鳥絕跡的寒冷孤寂，但是沒有一個字寫到雪、冷、孤單，實在是非常形象絕妙。

　　寫景物描寫文時，我們常常會苦於寫得太直白而沒有韻致，採用非直接描寫的手法，或許可以令文字更加生動。

塞下曲[1]

唐　盧綸

月黑[2]雁飛高，
單于[3]夜遁逃。
欲將[4]輕騎逐，
大雪滿弓刀。

註釋

1. 塞下曲：原為古代邊塞軍歌，後來演變為一種詩歌題材。
2. 月黑：夜色漆黑，烏雲遮月，沒有月光。
3. 單于：原指匈奴的首領，後來泛指中國古代襲擾邊關的遊牧民族首領。
4. 將：率領。

這首詩詞講甚麼？

沒有月亮的黑夜裏，一群大雁驚叫着往高處飛去。敵軍匈奴首領，正帶領被擊潰的殘兵敗將，趁着黑黑的夜色潰逃。我軍立即集結輕騎兵，準備追殺過去。此刻，大雪已落滿了將士的弓刀。

讀完想一想！

1. 這首詩講述了一個怎樣的故事場景？

2. 你還讀過哪些古代戰爭相關的詩歌和故事？試着說一說。

詩詞中的美景

　　在沒有月亮的夜晚，四處一片漆黑，伸手不見五指。大雪紛紛揚揚自天而降，北國邊疆天寒地凍。

　　就在這時，白天被擊敗的匈奴軍隊，首領正帶領殘兵敗將，趁着濃濃的夜色，在茫茫大雪中倉皇出逃。一群群大雁受驚而起，驚叫着飛往雪茫茫的高空。

　　唐軍正在瞭望的士兵，聽到雁群不尋常的叫聲，看見牠們高飛的身影，自知發生了異常情況，立即報告給他的將領，將領隨即便知道是如何一回事了。敵軍要逃走嗎？白天已經被我軍打得落花流水、潰不成軍，早已軍心潰散只想逃命啦！現在用不着派遣大軍，只用少量輕騎兵就可手到擒來，將他們全部剿滅了。

　　於是在寒冷的黑夜，在白茫茫的雪地上，唐軍立刻集結騎兵列隊出擊。大雪依然下着，越來越猛烈。勇士們不畏嚴寒，信心十足，個個英姿勃發，手握弓刀，準備出發擒敵，好威武啊！雪下得一樣威風，我軍雖然只列隊站立了片刻，厚厚的雪花就在他們身上和弓刀上落滿了。

詩詞小知識

　　《塞下曲》這個題目，是唐代的樂府題目之一。那麼甚麼是樂府呢？「樂府」本指管理音樂的官府，起源於秦代，到了漢代，朝廷設置相關的機構，收集民間各地的民歌，亦有文人根據音律填詞配樂。後人就把樂府機關配樂演唱的詩歌稱為「樂府」。到了唐代，樂府主要是不配樂的書面詩歌，內容多樣、關心時事、感受社會、批判現實。唐樂府的題目有的承襲前代的古樂府題，也有詩人自創的新樂府。

金句學與用

月黑雁飛高，單于夜遁逃。

　　短短十個字，就把一場塞外戰鬥的時間、情況、周邊環境和氣氛寫得非常清楚。

　　我們記敘事件或寫描寫文，可以參照這種文字簡潔但信息量豐富的做法。

哥舒歌

唐　西鄙人

北斗七星高，
哥舒夜帶刀。
至今窺[1]牧馬[2]，
不敢過臨洮[3]。

註釋

1. 窺：窺伺。
2. 牧馬：指當時哥舒翰防備的吐蕃越過邊境放牧，實指侵擾活動。
3. 臨洮：位於甘肅，是古代秦長城的西邊起點。

這首詩詞講甚麼？

夜裏，北斗七星高高地掛在天空。哥舒翰身佩寶刀，勇猛地守衞着邊疆。

直到今日，吐蕃人都很懼怕他，再也不敢藉放牧馬群之名越過臨洮進行侵擾了。

讀完想一想！

1. 這首詩描述了一個怎樣的將軍形象？

2. 作者寫這首詩，是要抒發自己對這位將軍的何種感情？

詩詞中的美景

　　靜靜的夜晚，明亮的北斗七星高高地掛在天邊，俯瞰着人間，為夜行客指引方向。這個時候，人們忙碌了一整天，都已安歇，進入沉沉睡鄉了。鳥兒都不再啼鳴，只有流螢星星點點地在草叢流光飛舞。大地那麼靜謐，萬籟無聲，和平安詳的氛圍洋溢在各個角落。

　　可是，西北邊塞，以往並不安寧啊！吐蕃曾經多少次藉放牧馬群的名義，騎着彪悍的大馬長驅直入，侵犯邊境，騷擾搶掠！

　　自從哥舒翰機智勇敢、英勇善戰地多次領兵抵禦吐蕃的入侵，建立了赫赫戰功，他威武高大的形象，讓吐蕃望而生畏，再也不敢越過臨洮，放牧侵擾了。

　　從此，邊境才安定下來，百姓過上了和平安寧的日子。如今，哥舒翰並沒有高枕無憂，以為天下就此太平了，而是身佩寶刀，帶領士兵巡夜，時刻警惕着敵人不安分的夜襲。

　　啊，北斗七星依然高掛在天空，夜色更加清朗；那星星啊，也越發的明亮，越發溫和地照着大地。百姓們呢，抬頭仰望北斗星，心中讚揚哥舒翰的功績，升起無限的敬仰與感激之情。

詩詞小知識

　　《哥舒歌》是對唐代名將哥舒翰的一首頌歌。那麼甚麼是頌歌呢？它是作者以崇敬、讚歎、傾慕的基調，褒揚人物，讚美山水風景，感歎重要事件的詩歌。不但古詩有這一類的內容，現代詩也不乏類似題材。

金句學與用

至今窺牧馬，不敢過臨洮。

　　這是一句側面描寫。雖然《哥舒歌》是作者對名將哥舒翰的頌歌，但它沒有直接表現將軍怎樣能征善戰，在人民心中有多高的威望。而是寫了作為將軍對手的吐蕃人，過去敢於長驅直入中原地區，現在卻不敢過雷池一步的行為，烘托出了主題。

　　這在描寫人物行為和性格的時候，是可以借鑒的。

驚雪

唐　陸暢

怪得[1]北風急，
前庭如月輝。
天人寧[2]許[3]巧，
剪水作花飛。

註釋

1. 怪得：奇怪，為甚麼。
2. 寧：難道，莫非。
3. 許：這樣。

這首詩詞講甚麼？

怎麼北風呼嘯，颳得這麼猛烈啊？屋子前的庭院裏，怎麼像是灑滿了月光那般的明亮呢？莫不是仙人如此的手巧，把天上的水剪成一片片的花，撒向人間亂飛麼？

讀完想一想！

1. 你曾在甚麼情況下見過雪呢？（電視、網絡、親眼見到）你覺得雪花像甚麼？

2. 你可以仿效這首詩的做法，描述一種天氣現象嗎？（大雨、颱風、霧等）

詩詞帶我讀

詩詞中的美景

　　北風怎麼颳得這麼猛烈呀,簡直就是狂風呼嘯席捲天地!白雪從天而降,既不如同撒鹽那樣靜靜下落,也不像輕風把柳絮慢慢吹起,而是被風吹得團團轉,紛紛亂亂。晶瑩剔透的雪花片片花瓣似地漫天飛舞,很快就把屋子前面的庭院鋪滿,銀光閃爍,如同月光照射那般明亮了。

　　風急,雪大,風吹雪,雪狂舞,這樣的景象不多見啊!風無形,卻有聲,雪有形,卻無聲。天地之間風雪交織,匯成一種狂烈、空靈、無比美麗的景象。詩人被震撼了、驚呆了。

　　難道,天上的仙人這麼奇巧,竟然能夠把水裁剪成花朵撒向人間,弄得滿天花飛花落麼?大自然的奇巧魅力,造物的神功喲!

詩詞小知識

　　古典詩詞中，吟詠自然景物是非常常見的主題，如何在眾多同類詩詞中脫穎而出，比喻的精妙獨特就很重要。以詠雪詩為例，唐詩中就有很多有趣的比喻。岑參的《白雪歌送武判官歸京》寫到塞外風雪「忽如一夜春風來，千樹萬樹梨花開」，將白雪比作春天盛開的梨花。李白《北風行》說「燕山雪花大如席」，生動地描繪出北方雪花的大和環境的苦寒。韓愈寫春雪，雖然也將其比喻為花朵，但「白雪卻嫌春色晚，故穿庭樹作飛花」卻寫出了俏皮輕快的感覺，帶來了春天的氣息。

金句學與用

天人寧許巧，剪水作花飛。

　　這是很經典的比喻句式，其中又蘊含了雪是空中水氣形成的道理。在撰寫描寫文時，我們常常會使用比喻，喻體別出心裁又合情合理，是抓人眼球的重要技巧。

望廬山瀑布

唐　李白

日照香爐生紫煙[1]，
遙看瀑布掛前川。
飛流直[2]下三千尺，
疑是銀河落九天。

註釋

1. 日照香爐生紫煙：香爐指香爐峰。紫煙指太陽光穿過雲霧，看上去像是香爐中冒
   出的紫色煙霧。
2. 直：筆直。

陽光照射着香爐峰，彷彿升起團團紫煙。遠遠望見瀑布像條白練懸掛在山前，從高高的懸崖上垂下來，彷彿幾千尺長。遊人望着瀑布，還以為天上的銀河瀉落到人間了呢！

讀完想一想！

1. 你在與家人朋友行山時，見過山間的瀑布嗎？它是甚麼樣子的？

2. 中國人描述山水景物時，喜歡把各式各樣的山峰比作各種人物、動物、器物。你可以舉出類似的例子嗎？

詩詞中的美景

　　盧山西北面的香爐峰，又尖又圓，形狀酷似一座香爐，非常美妙，簡直鬼斧神工、渾然天成啊！香爐峰岩壁陡峭高峻，若刀削斧劈般直上九重天。在陽光照耀下，空中萬點水滴若珠玉飛濺，升起騰騰霧氣，彷彿紫色雲霧一般繚繞着峰巒，又像從這座巍峨的香爐裏冉冉升起了一團團的紫煙。

　　瀑布由峰頂懸崖上以翻江倒海騰空之勢傾瀉而下，氣勢雄奇。遠遠望去，猶如懸掛的一條巨大的白色綢帶，發出巨響，轟隆隆地直瀉入山腳下的河水中，激起四向飛濺的白色水花，隨波逐浪，奔騰着流向遠方。

　　那三千尺的瀑布急流啊，莫非是天上的銀河落到了人間？

詩詞小知識

李白遊覽廬山期間，我們最熟悉的詩作就是這首七言絕句／古詩。其實李白在廬山，還寫過另一首吟詠廬山瀑布的同名長詩，一起來讀一讀吧！

望廬山瀑布

西登香爐峰，南見瀑布水。
掛流三百丈，噴壑數十里。
欻如飛電來，隱若白虹起。
初驚河漢落，半灑雲天裏。
仰觀勢轉雄，壯哉造化功。
海風吹不斷，江月照還空。
空中亂潨射，左右洗青壁；
飛珠散輕霞，流沫沸穹石。
而我樂名山，對之心益閒；
無論漱瓊液，還得洗塵顏。
且諧宿所好，永願辭人間。

金句學與用

飛流直下三千尺，疑是銀河落九天。

瀑布從高聳的山崖上奔流而下，這景象多麼壯觀啊！為甚麼詩人寫「疑是銀河落九天」？這是因為古代的人們望向壯麗的星空，以為銀河是天上波浪奔騰的河流，呈現在詩人眼前的瀑布懸在山間，氣勢磅礴，就像河流在天上奔流，難怪他會認為「此景只得天上有」了！

這裏的兩句詩，不但使用了誇張的寫法，還使用了比喻，大家在寫遊記時，不妨一試。

早發[1] 白帝城

唐　李白

朝辭白帝彩雲間[2]，
千里江陵一日還[3]。
兩岸猿聲啼不住，
輕舟已過萬重山。

註釋

1. 發：啟程
2. 朝辭白帝彩雲間：早晨告別位於高高的白帝山上，彷彿矗立雲中的白帝城。
3. 還：到，返回。

這首詩詞講甚麼？

清晨，我告別彩雲環繞的白帝城，踏上了旅程。儘管白帝城和江陵之間有千里之遙，可是乘我的小船順流而東，只用一天就能夠到達江陵。兩岸猿猴接連不斷的啼叫聲，聲聲入耳。不知不覺地，我乘坐的小船啊，已經駛過了萬重山巒。

讀完想一想！

1. 你坐過船嗎？請寫一寫坐船的經過與在船上的見聞。

2. 李白撰寫這首詩的時候，是甚麼樣的心情呢？

詩詞中的美景

　　白帝城頭的新月落下不久，那高聳的山巔便在晨光之中披上一層層繚繞的彩雲。彩雲之中、山腰之間就是鼎鼎有名的白帝城——當年劉備向諸葛亮託孤的地方。浩蕩的大江自白帝城的腳下流過，我的小船就繫在那個地方。我望着這美麗的清晨景色，懷着興奮喜悅的心情告別了白帝城。

　　我乘着一葉小舟踏上旅途，在大江上順着急流直奔江陵，竟然如同駕着一匹飛奔的寶馬似的，只看見一排排的青山迎面而來，又飛快地向後退去，感覺像隨長風而飄飛那般的輕快！這樣的速度啊，即使一千里那麼長的路程，一天的時間也必定能夠到達了。

　　在水流湍急的江面上，小舟衝破清波碧濤飛箭一般地疾行。河岸兩邊是連綿起伏的崇山峻嶺，高高的崖壁上奇松倒掛，一條又一條高懸的瀑布從山間傾瀉而下，噴灑的水霧被陽光照耀得光彩閃閃。青翠茂密的山林裏，猿猴一群群地玩耍遊戲着，此起彼伏、悠悠蕩蕩地穿越於林木之間，那淒厲的叫聲持續不斷，在空曠的山谷裏迴響，憑空增添了順水行舟的樂趣。此情此景，不禁讓我想起了巴東漁歌，漁者唱道：「巴東三峽巫峽長，猿鳴三聲淚沾裳。」

　　不知不覺，輕快的小舟啊，像射出的箭一樣，已經駛過千重山巒，飛過萬道峻嶺，「朝發白帝，暮到江陵」，真個是名不虛傳。

　　江陵就要到啦！

詩詞小知識

　　「猿啼」顧名思義是猿猴的啼叫。因為猿猴在山中啼叫的聲音又高又急，好像人類哭喊的聲音，所以歷代詩文常常用這個意象來表達作者心中哀怨、悲愁、淒涼的感情。中國古代長江三峽一帶的山裏有很多猿猴，人們坐船經過，聽到悲切的猿啼聲，不免會產生客居異鄉，漂泊流浪的心酸。所以南北朝酈道元的《水經注》中提到三峽，就載有一首民歌：「巴東三峽巫峽長，猿鳴三聲淚沾裳；巴東三峽猿鳴悲，猿鳴三聲淚沾衣。」

金句學與用

兩岸猿聲啼不住，輕舟已過萬重山。

　　詩人坐船經過兩岸都是高山密林的長江三峽。兩岸在詩文中常常與引發文人愁思的猿啼聲和山影形成一片，烘托出了小船行進飛快，以及作者旅途順利，一日千里的暢快心情。

　　寫作時，常常可以用景物來烘托寫作者的心情，這就是一個很好的例子。

望天門山

唐　李白

天門中斷[1]楚江開，
碧水東流至此回[2]。
兩岸青山相對出[3]，
孤帆一片日邊來[4]。

註釋

1. 中斷：江水從中間隔開兩座山。
2. 至此回：原本向東流的江水在這裏轉向。
3. 相對出：互相對峙而立。
4. 日邊來：指船從水天相接之處出現，看着好像是從太陽邊上來的。

這首詩詞講甚麼？

高高的天門山，彷彿被長江攔腰劈斷。碧綠的江水奔流到此，越加的迴旋激盪。兩座青山相對，巍然聳立，一葉孤舟正從天邊飛速駛來。

讀完想一想！

1. 你認為詩人寫的是一天中甚麼時候的景象？

2. 請用至少三個形容詞，來描述詩中天門山的景色。

詩詞中的美景

　　巍峨的天門山彷彿被氣勢磅礴的長江斷開了一樣，隔成東西相向的兩座山：西梁山和東梁山。長江浩浩蕩蕩地奔流到此，打着漩渦湍急地穿越而出。

　　詩人乘一葉小舟正逆流而上，遠遠望去，彷彿被長江攔腰劈斷的兩座山，相互對峙如同一扇大門。兩山山勢陡峭險峻，中間夾着長江，滾滾向東而去，到兩山之間，更加洶湧澎湃、迴旋激盪。

　　此時，藍天空闊而高遠，豔陽高照；碧水映着藍天，那麼清澈；青山巍巍，秀麗壯美。詩人的小舟也乘風破浪地行駛過來了。那片白帆啊，被紅日映照得明麗光豔，一副多麼雄偉瑰麗的景象啊！

　　小舟離天門山越來越近了。嶄然屹立的天門山越發顯得清秀，莫非在脈脈含情地迎接遠道而來的客人麼？而詩人也由乘舟遠望漸漸靠近，被這壯美的景色震撼、陶醉了，頓覺神清氣爽、心曠神怡。

　　看哪，小舟就要穿越天門山，從更急更洶湧的江面破浪而出，天門山，就快落在後面了。

詩詞小知識

　　如今三峽的美景已經聞名全中國，但是在古代，由於交通不便、地勢險峻等原因，早期的文人墨客描述三峽風景的作品比較少。但到了唐代，許多詩人前往巴蜀地區，乘船飽覽三峽美景。除了我們都知道的李白，還有寫下「白日放歌須縱酒，青春作伴好還鄉。即從巴峽穿巫峽，便下襄陽向洛陽」的杜甫，以及「遙遙去巫峽，望望下章台。巴國山川盡，荊門煙霧開。城分蒼野外，樹斷白雲隈。今日狂歌客，誰知入楚來」的陳子昂。巴蜀一帶與中原截然不同的景物風貌，為詩人們提供了無窮無盡的靈感。

金句學與用

兩岸青山相對出，孤帆一片日邊來。

　　我們寫描寫文時，經常感覺描寫出來的景物是「靜止」的。但這兩句詩卻在詩人的筆下顯出了動感，我們讀來好像真和詩人一起坐着小船航行，看到兩岸及前方的青山、太陽、小舟。

　　動詞運用得好，可以使景物的意象也「動」起來。

清平調[1]詞‧之一

唐　李白

雲想衣裳花想容[2]，
春風拂檻露華濃[3]。
若非群玉[4]山頭見，
會向瑤台[5]月下逢。

註釋

1. 清平調：唐代曲名，後來也用於詞牌。
2. 雲想衣裳花想容：看到雲彩就想到她（楊貴妃）的衣衫，看到鮮花就想起她的容貌。這句以雲彩比喻人的衣服，以花比喻人的容顏，描述楊貴妃的美貌。
3. 露華濃：沾着露水的花朵顯得更加光彩照人。
4. 群玉山：傳說是西王母住的仙山。
5. 瑤台：指西王母的宮殿。

這首詩詞講甚麼？

看到你穿的衣裳啊，就想到天上的彩雲；見到你的容貌啊，就像是花兒正盛開。春風輕拂欄杆，露水輕盈欲滴，那花更加嬌豔。如果不是群玉山上才能見到的仙女，那你也一定是瑤台月下遇到的美人兒了。

讀完想一想！

1. 這首詩沒有直抒胸臆讚美美人容貌，但每一句都能讓人感受到美人的風姿，你可以指出李白在這首詩裏用了多少意象來描述楊貴妃的美嗎？

2. 試用比喻的方式來描述你身邊某個熟悉的人。

詩詞中的美景

　　唐皇求索了多年絕色美人兒都未尋覓得到，終於有一天發現了傾城傾國的楊玉環。她呀，從此陪在君王身旁朝朝暮暮不分離。

　　看她穿的衣裳，猶如霓裳羽衣那般輕盈、豔麗，就會想到天上的彩雲；再佩戴環佩叮咚的飾物，巧步輕柔，飄飄欲仙，真的是美絕人寰。看到她的容顏，就想起美麗的花。牡丹本是國色天香，哪裏比得上她的容貌天姿呢？

　　恰逢一年裏最溫馨的季節，春風輕輕吹拂，一夜的細雨滋潤，欄杆外，牡丹花瓣上滴滴露珠，花兒越加的嬌豔可人。而楊貴妃一面觀賞着牡丹花，一面回眸一笑，這面容襯着花色，分外的令人動心。她所受到的寵愛呀，和這牡丹承露一樣的美妙；她承受了君王的恩澤之後啊，也和這春風催開了的朵朵花兒一樣的欣喜愉悅。

　　你這美人兒呀，天上群玉山是仙女居住的地方，如果在那裏找不到你，你就一定是瑤台宮殿前月光下翩翩起舞的神女了。

詩詞小知識

　　根據後人的記載，李白在長安做供奉翰林時，共為唐玄宗寫了三首讚頌楊玉環的《清平調詞》。某日唐玄宗和楊貴妃在宮中沉香亭觀賞牡丹花，伶人們正準備表演歌舞以助興。唐玄宗卻說：「賞名花，對妃子，豈可用舊日樂詞？」於是傳召李白進宮，李白一口氣在金花箋上寫下三首詩，玄宗和貴妃都十分喜歡。另外兩首《清平調詞》如下：

清平調詞・之二

　　一枝紅豔露凝香，雲雨巫山枉斷腸。
　　借問漢宮誰得似，可憐飛燕倚新妝。

清平調詞・之三

　　名花傾國兩相歡，長得君王帶笑看。
　　解釋春風無限恨，沉香亭北倚闌干。

金句學與用

雲想衣裳花想容

　　同學們讚美人或者景物之美的時候，往往苦惱要怎樣寫出新意，而不是空泛讚歎「真好！」「真美！」。或許將敍述的角度改換一下，從「她的衣服就像雲那麼美」「她的面容像花一樣好看」，改成看到雲和花聯想到人的美，交相對映，感覺就更加別致。

客中[1]行

唐 李白

蘭陵美酒鬱金香[2]，
玉碗盛來琥珀光。
但使[3]主人能醉[4]客，
不知何處是他鄉。

註釋

1. 客中：指在外遊歷居住。
2. 鬱金香：指美酒瀰漫着藥草鬱金的色澤與芬芳。
3. 但使：只要。
4. 醉：使動用法，指讓人喝醉。

這首詩詞講甚麼？

　　蘭陵這兒的美酒啊，散發着鬱金香草的醇香味兒。尤其是把酒裝在精美的玉碗裏，那顏色就呈現出琥珀一樣的金黃色。只要主人能與我共飲，直到一醉方休，那麼，我還管甚麼他鄉還是故鄉呢？

讀完想一想！

　　在外遊歷的詩人和招待他的主人飲酒時，會說些甚麼？懷念故鄉的甚麼事物呢？嘗試想像一下。

詩詞中的美景

　　我離別故鄉多年，曾居廟堂之高，常與君王共飲。然而，天子腳下，哪裏敢放浪形骸，直飲得一醉方休呢？伴君如伴虎啊，只好見機行事，壓抑性情。那再美的佳釀，也難免心不在焉地做做陪客罷了。

　　於今，我在蘭陵的友人家裏，受到熱情的款待。席上的葡萄酒，釀造時添進了鬱金香草，所以那味道格外的清冽甘醇，散發着芳香的氣味，真誘人啊！

　　想我李白，早年就開始浪跡天下，除了酷愛遊覽名山大川，就唯有美酒使我情有獨鍾。哪知這蘭陵的酒啊，盛在精美的玉碗裏，那金黃的顏色頓時就像琥珀一樣的晶瑩清透，真是未飲心已先醉了呀！

　　面對滿桌的美酒佳餚，主人的盛情深深感動了我。而當主人舉起玉碗，邀我共飲之時，我已禁不住這撲鼻的芳香襲人，也就要和主人一道暢飲了。更何況：「人生得意須盡歡，莫使金樽空對月。」我和你啊，今當「會須一飲三百杯」。你可知「古來聖賢皆寂寞，惟有飲者留其名」呢？來吧，我的至交，我倆此刻「將進酒，杯莫停」，「與爾同銷萬古愁」！如此，這豪放不羈的李白，和那瀟灑飄逸的主人，就你勸我，我敬你的，一直飲得醉意陶陶。詩人樂不思蜀，思鄉之情早已拋到九霄雲外去了，哪裏還管甚麼故鄉他鄉呢？

詩詞小知識

李白被後人稱為「詩仙」「酒仙」，這是因為他不但才華橫溢，寫出諸多流傳後世的詩篇，本人還嗜好美酒。酒在他的作品中，一直是一個重要的元素。難怪現代詩人余光中在其《尋李白》中這樣寫道：「酒入豪腸，七分釀成了月光，餘下的三分嘯成劍氣，繡口一吐，就半個盛唐。」

李白愛酒，酒讓他的想像力恣意縱橫，滋養他狂傲不羈的個性，為他寫詩帶來靈感。前面我們提到他奉詔寫《清平調》，就是在宿醉的狀態下寫就的。杜甫《飲中八仙歌》亦提到李白：「李白斗酒詩百篇，長安市上酒家眠。天子呼來不上船，自稱臣是酒中仙。」

酒還是李白與朋友交往，抒發自己快樂或者壯志未酬之情的媒介。李白在《將進酒》中寫「鐘鼓饌玉不足貴，但願長醉不願醒。古來聖賢皆寂寞，惟有飲者留其名」，在《笑歌行》寫「君愛身後名，我愛眼前酒。飲酒眼前樂，虛名何處有」。本篇中他和客居的主人對飲，情投意合，流連忘返，連背井離鄉的苦楚都忘記了。

金句學與用

但使主人能醉客，不知何處是他鄉。

未成年人不可以飲酒，但從這兩句中，也可以感受到詩人與主人情誼深厚，陶然快樂的情緒呢！

描寫一個人的快樂，也可以用「不知身在何處」「他鄉亦似故鄉」這類的語言，來強化感情的程度。

贈花卿

唐　杜甫

錦城[1]絲管日紛紛，
半入江風半入雲。
此曲只應天上有，
人間能得幾回聞[2]。

註釋

1. 錦城：錦官城，即成都。
2. 幾回聞：這裏與本書中另一首《江南逢李龜年》中「崔九堂前幾度聞」用法不同，
這裏指的是人間很少聽到，而不是多次聽到。

這首詩詞講甚麼？

在錦城，每天都能聽得到弦樂管樂連綿不絕的演奏之聲。美妙的樂音隨江面上的風飄散而去，直達天上的雲端。

這樣的樂曲像是天上的仙樂，人世間的百姓，又能聽到幾回呢？

讀完想一想！

1. 你平時喜歡聽甚麼音樂呢？有演奏過樂器嗎？
2. 嘗試描述一下你聽過或練習過的一首曲子。

詩詞中的美景

　　話說，唐肅宗年間，錦城有位武將，名花敬定。此人曾經因平定叛軍立下功勞。之後，他便過起天子一樣的日子。

　　那時的錦城啊，天天都能聽得到由花府的宴席上傳出來的音樂之聲，由弦樂和管樂奏出的樂曲綿綿不絕。時而，弦樂那特有的絲滑、輕柔、有節奏的叮叮咚咚，猶如大珠小珠落玉盤般十分動聽；時而，管樂的鏗鏘有力、清脆悠揚，又有一種攝人魂魄的魅力。當弦管和鳴的時候，各樣美妙的音色合成漫天的音樂，擁抱着時空。那一個個靈動飄逸的音符，簡直是藝術之神的傑作，化為行雲流水，空靈神奇，蕩漾於錦江之上，隨江面上的清風徐徐飄散開來，裊裊娜娜，悠悠地升入藍天白雲之間。

　　這般應該只有皇宮才能演奏出來的樂曲，怎麼從花府中飄揚而出了呢？這是天上的仙樂啊！人世間，人的一生能聽到幾次呢？而且，音樂一天到晚響個不停，可以想見那武將家華麗的宴席日夜不斷，珍饈美味，杯盤狼藉。僅那雲集各地的技藝精湛的樂師們的演奏，也足見花敬定府邸的生活情景了。

　　面對此情此景，我們的現實主義大詩人杜甫，就寫出這首讚揚音樂之聲的絕句。各位看官，此詩內在的含義，詩人凜然的胸懷，你可見其中一斑了麼？

詩詞小知識

　　詩題中的花卿，指的是唐代後期的武將花敬定。花敬定雖然勇武善戰，但是他居功自傲，部下掠奪百姓也很殘忍。他駐紮四川期間，居然驕橫到使用天子的禮樂，因此杜甫用「此曲只應天上有」來對他進行委婉的諷刺。

　　中國是重視禮樂的國家。禮最開始有着祭祀的意味，之後泛指人類社會中維護社會等級制度，保障社會穩定的各種日常生活儀式。樂即是音樂和舞蹈，不同的樂舞，可以代表親疏、貴賤、長幼、男女，因此它不但是一種藝術，也是弘揚社會教化，體現樂舞使用者身份的工具。

金句學與用

此曲只應天上有，人間能得幾回聞。

　　現在後人用這兩句詩，已經脫離了原文中略含諷刺的語境。

　　在作文時，可以用它們來讚美音樂的絕妙，以及聆聽者的喜悅之情。

夜雨寄北[1]

唐 李商隱

君問歸期未有期，
巴山夜雨漲秋池。
何當[2]共剪西窗燭[3]，
卻話[4]巴山夜雨時。

註釋

1. 寄北：寫信寄給北方的人。
2. 何當：甚麼時候。
3. 共剪西窗燭：一起剪去西窗下燒焦的蠟燭芯。古代人用蠟燭照明，剪去燈芯可以使燭火更明亮。這裏將剪燭引申為兩個人徹夜長談。
4. 卻話：追述，回憶。

這首詩詞講甚麼？

你問我甚麼時候回家，我現在還不能確定歸期。此刻我在巴山，秋雨滂沱，已經漲滿了池塘。何時我才能夠回到家鄉，與你同坐在西窗下徹夜長談，一起剪燭芯呢？那時我就可以告訴你今宵巴山夜雨是怎樣淒涼的情景，並且對你訴說我的思念了。

讀完想一想！

1. 想像自己在外唸書或者旅遊，試着給親人或者朋友寫一封信。

2. 詩人寫這首詩的時候，想表達的是甚麼樣的感情呢？

詩詞中的美景

　　你問我甚麼時候回家，我哪裏能夠確定呢。從北方來到這巴山蜀地，客居在外，遙遙千里，我是多麼孤苦啊！你這一問，又勾起我強烈的思鄉之情了。

　　我又何嘗不想念你呢？此刻，正是深秋的夜晚，滂沱的秋雨與深黑的夜色交織，真的是寒涼淒苦啊！雨好似永遠也下不完，已經漲滿了屋前的池塘。羈旅的愁思與池塘裏漲滿了的水一樣，在我心裏湧動。長夜也那麼漫漫無盡期。

　　我獨自倚着床，陷入沉思，回憶着和你共處時，我們談詩論詞、相互傾訴、心靈相交的美妙時光。而今，我只能和一隻殘燭相對，夜深也不得安睡，在惹人離愁的巴山秋雨聲中，閱讀你詢問歸期的書信，而歸期尚且渺渺。

　　何時，我才能回到北方的家鄉，我們在西窗下徹夜秉燭長談，一起剪蠟燭的芯蕊呢？等到那個時候，我一定把今宵漫漫夜雨中寂寥愁苦的心情講述給你聽，我還要把思念之情痛快淋漓地對你道盡衷腸。

　　我親愛的朋友啊，此時我只能遙望漆黑的夜空，透過密密的雨幕，想像着我的心已飛到你的身旁。

詩詞小知識

　　李商隱是晚唐傑出的詩人。他的詩歌文辭清麗，朦朧微妙，風格十分鮮明。《夜雨寄北》是他的代表作之一，其實在他的詩歌中，雨也是一個常常出現的意象，或者作為詩人吟詠的對象，或者用來烘托詩人的情緒。在此選取幾首具有代表性的李商隱寫雨詩歌，供擴展閱讀：

春雨

悵臥新春白袷衣，白門寥落意多違。
紅樓隔雨相望冷，珠箔飄燈獨自歸。
遠路應悲春晼晚，殘霄猶得夢依稀。
玉璫緘札何由達，萬里雲羅一雁飛。

微雨

初隨林靄動，稍共夜涼分。
窗迥侵燈冷，庭虛近水聞。

滯雨

滯雨長安夜，殘燈獨客愁。
故鄉雲水地，歸夢不宜秋。

金句學與用

何當共剪西窗燭，卻話巴山夜雨時。

　　表達想念遠方親友的情緒時，是否會覺得只寫「我好想念你！」「希望你能夠早點回來！」太過平庸了呢？那麼可以試試這兩句詩！希望你早一些回來，到時我們可以坐在一起講述當初想念你的情景。收到這樣的信，在外的旅人也會歸心似箭吧！

春 詞

唐　劉禹錫

新妝宜面[1]下朱樓[2]，
深鎖春光一院愁。
行到中庭數花朵，
蜻蜓飛上玉搔頭[3]。

註釋

1. 宜面：指妝容精緻得宜，看上去很美麗。
2. 朱樓：塗着紅色油漆的小樓，多用來指女性的住處。
3. 玉搔頭：首飾名，即玉做的簪子，可以用來搔頭。

這首詩詞講甚麼？

我（女主人翁）剛剛化好妝，面容光鮮，從樓上走下來。小院深深門緊鎖，春光妙曼惹人愁。信步走到中庭院，細細數看朵朵花。一隻蜻蜓飛過來，停在了我的玉搔頭上。

讀完想一想！

你認為詩歌表達出女主人翁怎樣的情緒？

詩詞中的美景

正是一片好春光，風光怡人柳絲長。微風輕拂花嬌妍，獨鎖春閨為哪樁？

待我對鏡輕施脂粉，慢着綺裳，妝容勻停嬌顏俏。輕輕移步，搖曳羅裙下朱樓。這華麗的樓閣啊，將我滿腹的春心關閉得好壓抑！

雖說一門緊閉，滿院春光卻關不住。行步至院落中庭，朵朵花兒隨風輕搖，嬌容美豔含露欲滴，芬芳襲人撲面而來。正是：良辰美景奈何天，賞心樂事誰家院？

想我一女子，正值青春，卻形單影隻，獨自賞花。花兒若無人賞，不是與我的美妙時光一樣，孤寂地綻開，落寞地凋謝嗎？

我細細品味花兒的嬌媚豔麗，看它快意地盛放；細數牡丹幾枝？芍藥幾多品種？薔薇如何伸展自如，爬滿竹籬？

這怒放的、柔膩的、細嫩的春啊，我安能不凝神駐足，仔細思量呢？寂寂庭院，落寞花開，直是：如花美眷，似水流年，轉瞬春花零落，美人遲暮，怎叫人不唏噓哀歎，愁自心中來呢？

這麼凝思默想的時候，一隻蜻蜓飛來落在了我的玉搔頭上，悠然地停住不動了。

小小精靈，莫不是你善解花語，又知我心；既愛春色，又憐惜我的寂寞麼？

詩詞小知識

　　劉禹錫的這首《春詞》，全名叫《和樂天春詞》，即是應和白居易（字樂天）寫的一首《春詞》。那麼白居易的《春詞》是怎麼寫的呢？「低花樹映小妝樓，春入眉心兩點愁。斜倚欄杆背鸚鵡，思量何事不回頭？」劉禹錫和詩與其對照，女主人翁在春光中懷着愁緒，從樓上走到了院門緊鎖的中庭裏。在屋裏她背對鸚鵡，倚着欄杆思緒滿懷；在院子裏賞花，只有蜻蜓欣賞她的美麗和寂寞。兩首詩主題統一，情景對照，生動地描繪出了女主角的情緒，最後一句又都韻味無窮，可謂是極其巧妙的互相應和之作了。

　　你更喜歡誰的作品呢？

金句學與用

行到中庭數花朵，蜻蜓飛上玉搔頭。

　　我們在描寫人物心態和境遇時，可以借用人物的行為和景物委婉地將想要表達的東西傳遞出來。

　　這兩句詩沒有一個字寫到女子寂寞傷春的情緒，但是孤獨看花，美麗的人只有蜻蜓欣賞，一下就烘托出了氛圍。

浪淘沙[1]

唐　劉禹錫

九曲黃河萬里沙，
浪淘風簸自天涯。
如今直上銀河[2]去，
同到牽牛織女家。

註釋

1. 浪淘沙：唐代教坊曲名，之後亦為詞牌名。本篇的《浪淘沙》是七言絕句體，是劉禹錫、白居易按照小調《浪淘沙》首創的樂府歌辭體裁。

2. 直上銀河：古代人傳說，黃河的水與天上的銀河是聯通的，所以詩人想像自己可以乘船從黃河抵達銀河。

這首詩詞講甚麼？

彎彎曲曲的黃河，攜帶着萬里泥沙。大浪沖淘着，狂風顛簸着，好像來自遙遠的天涯。如今，它連同泥沙一起，滾滾向前，假如在河上乘船，也許能飛到銀河上去，拜訪牛郎織女的家呢。

讀完想一想！

在網絡上尋找黃河浪花奔湧的片段，參考詩人的想像寫一段景物描寫。

詩詞中的美景

　　彎彎曲曲的黃河裏挾着萬里的泥沙，一路有大浪沖捲滾動着，狂風顛簸掀翻着，好像來自很遠的天之涯。

　　它滔天的滾滾巨浪，時而越過巨石，時而與大風搏鬥，但它從來都無所畏懼，千萬年來一直勇往直前。

　　你看，黃河由源頭起，波濤滾滾，奔流不息。站在高處眺望，它顯得越來越遠，越來越高，不畏狂風巨浪，頂着萬里黃沙的阻力，彷彿就要衝到高空的銀河上去了。

　　任何艱難都不能阻擋黃河奔騰向前的意志。浪再大，風再狂，它都會一往無前地向着前方、流向前方！這是何等磅礴雄渾的氣勢，是多麼頑強的精神啊！

　　假使我隨着這奔騰不息的黃河一路向上，大概可以去到銀河，拜訪牛郎織女的家吧！

詩詞小知識

　　劉禹錫在從京城調任地方，四處輾轉的旅途中，目睹了安史之亂以後唐王朝各地的情況，寫下了通俗易懂又滿懷人文風情與詩人哲思的《浪淘沙》九首組詩，本次選取的就是組詩中的第一首。九首詩涉及到的地方有黃河、洛水、汴水、清淮、鸚鵡洲、錢塘江、濯錦江等，顯示出劉禹錫從京城長安一路來到四川一帶的經歷。

金句學與用

如今直上銀河去，同到牽牛織女家。

　　黃河奔湧的浪花是實在的景色，河水聯通牛郎織女居住的銀河卻是詩人的想像，虛虛實實的描寫，給文字平添了幻想的魅力。

烏衣巷

唐　劉禹錫

朱雀橋邊野草花，
烏衣巷口夕陽斜。
舊時王謝[1]堂前燕，
飛入尋常[2]百姓家。

註釋

1. 王謝：指兩晉南北朝時期的王氏與謝氏兩大家族。當時這兩個家族聚居在烏衣巷，
   名人眾多，是世家簪纓之族中的翹楚。
2. 尋常：平常。

這首詩詞講甚麼？

　　朱雀橋周邊長滿了野草和野花，烏衣巷口頹敗不堪，映射着一抹夕陽的餘暉。當年在王謝兩族深宅大院的屋簷下築巢的燕子，如今紛紛飛到平常的百姓家中去了。

讀完想一想！

　　今天「舊時王謝堂前燕，飛入尋常百姓家」，也被用來指稱過去一些只有少數人享有的科學技術、飲食、交通工具、通訊設備等，逐漸變成普通人家日常所用，你可以舉出一些例子嗎？

詩詞中的美景

在金陵城外，有座朱雀橋，橫跨在秦淮河上。朱雀橋曾經車水馬龍、行人不絕，橋邊有個烏衣巷。這烏衣巷，本是六朝時期最豪華顯貴的一條巷子。晉代的宰相王導和謝安，兩大家族世代顯赫，曾經居住於此。當年，香車寶馬、錦衣玉食、家家笙管、戶戶弦歌，享不完的榮華富貴啊！

這兩大家族，豪門巨宅，宮殿堂皇，連燕子都去那裏的屋簷下築巢。斜風細雨、夕陽西下，燕子紛紛歸巢，彷彿與王謝兩家人有着甚麼緣分似的。

然而，人世滄桑、世事巨變，王謝兩家由盛及衰、慢慢地凋敝了。

而今到了唐代，幾百年竟這麼悄然而去，沒了昔日的繁華勝地。朱雀橋上，不見了車馬出入，橋下長滿了野草、盛放着野花，一派荒涼孤寂的氣象。烏衣巷也頹敗了，只有巷口的一抹斜陽映射着餘暉。許多的平常百姓家，也住進了烏衣巷。那昔時的燕子啊，也改弦易轍，飛進了百姓的家裏去築巢了。

話說這人世間，說不完的淒涼舊事，道不盡的滄海桑田！也有說：世人都曉神仙好，惟有功名忘不了！古今將相在何方？荒塚一堆草沒了。

詩詞小知識

　　烏衣巷在現今南京秦淮河南岸，原來是三國時期東吳禁軍的駐地，由於禁軍們身着黑衣，所以營地叫做烏衣營，駐地叫做烏衣巷。東晉時，高門士族在烏衣巷聚居，其中以王、謝兩家為首。東晉開國元勳王導和指揮淝水之戰的謝安都住在這裏。

　　朱雀橋橫跨南京秦淮河，是由昔日金陵城正門朱雀門通往烏衣巷的必經之路，因而得名。

金句學與用

舊時王謝堂前燕，飛入尋常百姓家。

　　時代更迭，滄海桑田，當初的風流人物高官貴族，最後也不過是人們口中的傳說。曾經依附於他們的燕子，現在也成為普通百姓們的鄰居，變成了盛衰興亡的見證。儘管作者沒有在這兩句詩中發表議論，但古今的場景藉由燕子連接在一起，歷史和現實互相對照，不禁讓人深思。

望洞庭

唐　劉禹錫

湖光秋月兩相和[1]，
潭面無風鏡未磨[2]。
遙望洞庭山水翠，
白銀盤裏一青螺。

註釋

1. 兩相和：指湖光和月色交相輝映，十分和諧。
2. 潭面無風鏡未磨：這裏將洞庭湖湖面比作一面鏡子。因為古代的銅鏡需要研磨光亮以後才能清晰顯示出影像，這句詩一方面寫出湖面無風時水波平靜的樣子，一方面也寫出景物在湖面倒映中影影綽綽不甚清晰的模樣。

這首詩詞講甚麼？

　　秋月照在洞庭湖上，銀輝遍灑，與湖光融合在一起。湖水風平浪靜，像一面沒有打磨過的鏡子。遠望君山蒼翠，與湖水渾然一體，就像一個大銀盤上放着一枚青螺似的。

讀完想一想！

1. 香港是一個擁有諸多離島的海濱城市，你有在海邊眺望離島的經歷嗎？你看到的景致和詩中描寫洞庭湖與君山的景致有甚麼異同？

2. 結合你自己的經歷想一想，還有甚麼關於山水的比喻？

詩詞中的美景

　　月亮剛剛由東方升起，是秋天的月亮，圓圓的，又大又黃，它俯臨大地，照耀着洞庭湖。白晝將盡，太陽的餘暉眼看就要收盡，由西方落下去了。有文曰：「湖水廣圓五百餘里，日月皆出沒於其中」。就是此刻的一幅畫面吧。

　　只見月亮柔和的光灑在湖面上，洞庭湖風平浪靜，像是生怕驚動了月光似的，不起波瀾。

　　朝遠處望去，湖面迷迷濛濛，竟然宛若一面未經磨拭過的鏡子，那麼的寧靜祥和，似乎在欣喜地迎接月光的照臨。

　　此時，陽光已全然收攏不見，只見一輪皓月溫柔地與清澈的湖光相互融合，水天一色，匯成一片玉宇無塵的景象，實在是讓人驚歎不已。

　　再看那矗立於湖中的君山，同樣的月光下顯得那麼秀美蒼翠，披滿月亮的光輝，與銀光閃爍的湖面渾然一體，像是白銀盤上的一枚青螺。

詩詞小知識

　　洞庭湖位於湖南省北部，是中國僅次於青海湖和鄱陽湖的第三大湖，亦是中國五大淡水湖之一。歷史上它曾是中國最大的淡水湖，號稱「八百里洞庭」，擁有多種魚類資源，在水利灌溉、航運方面也有重要作用。

金句學與用

遙望洞庭山水翠，白銀盤裏一青螺。

　　這兩句詩可謂比喻非常生動了。讀者也許沒有親自去過洞庭湖，看到浩浩蕩蕩的湖水和美麗的君山。但是很多人都知道白銀盤和青色的螺殼是甚麼樣的，詩人如此描寫，很直觀地讓人想像出了當地的美景。

　　我們在寫景物描寫文時，也可以通過常見的喻體，讓沒有來過本地的讀者了解陌生的景物。

渭城曲 /
送元二使安西

唐　王維

渭城朝雨浥¹輕塵，
客舍²青青柳色新。
勸君更盡³一杯酒，
西出陽關⁴無故人。

註釋

1. 浥：音同「邑」，沾濕。
2. 客舍：驛站。
3. 更盡：再喝完。
4. 陽關：位於今天甘肅敦煌附近，是古代中原前往西域的通道。

這首詩詞講甚麼？

咸陽古城的清晨，春雨淅淅瀝瀝下個不停，濕潤了細細的塵土。旅館旁的柳樹也顯得格外綠意濃濃。勸你啊，我的好友，請再飲這一杯酒吧，一會兒你西行出了陽關，就見不到老朋友了。

讀完想一想！

1. 很多送別詩中都提到過柳樹這個意象，你知道為甚麼嗎？
2. 詩人向朋友敬酒，包含着怎樣的感情呢？

詩詞中的美景

正是春季的一天，清晨就下起了濛濛細雨。春雨輕輕地撒下來，潤濕了細細的塵土。小城被洗滌得乾乾淨淨。

因為我的摯友元二今天要奉命奔赴西北邊疆安西，我特意一大早就來到旅館，為他送行。但見旅館四周的樹木都披上了新裝，生枝發葉，一派綠意盎然。尤其那些柳樹，柳色青青，鵝黃中夾着嫩綠，枝條隨春風輕輕搖擺，如同美人長長的髮絲一樣，實在是很美很動人的景致。

我的摯友元二也已收拾停當，我和他就在旅館裏飲酒，聊天。飲不完的美酒，一杯接一杯。說不盡的話語，道不完的憂愁，把酒論天下，世事何其多！

可恨時間過得那麼快，轉眼就到了分別的時刻了。你的馬匹已經備好，就拴在門外的一棵柳樹下。是一匹棗騮馬，最擅長遠路騎行。

啊，朋友，朝廷此次命你去敦煌西南，如此遙遠的路途，你孤身一人，怎奈得黃沙漠漠、淒涼寂寥呢？我一杯又一杯地與你飲酒，也澆不滅心中對你的掛牽。赴邊疆建功立業，本是豪邁的壯舉。可是一想到那裏的貧瘠、荒涼和你在那邊舉目無親，我就不得不為你擔憂，甚至覺得不公平了。

　　來吧，我們再斟滿一杯，為我倆多年的友情，你務必飲了這一杯。

　　好，我再給你和我的酒杯斟滿美酒，為我們的別離乾一杯。從這兒一走，不知何年何月方可再見？雖說天下沒有不散的筵席，可從今往後，你我相隔萬里之遙，這份惜別之情，還有我的惦念與祝福，就都在這杯酒裏了。

　　兩人就這麼你斟我酌，你來我往地，酒過數巡，分手的時刻真的到了。門外有人在催促上馬了。

　　詩人站起來，元二也起立。你我就要分別，來啊，親愛的友人，你再飲了這一杯吧。等到你往西走，出了陽關，可就沒有一個老朋友老相識了。春風不度玉門關，在那邊塞，你可要多加珍重啊！

　　元二深情款款地接過酒杯，一飲而盡，與詩人握手而別。接着，他跨馬揚鞭，揮揮手，向着天涯而去。只見馬蹄揚起陣陣灰塵，漸漸地疾馳不見了。

詩詞小知識

　　王維的這首絕句後來被編成歌曲，叫做《陽關三疊》，又名《陽關曲》、《渭城曲》。此曲在唐代收入《伊州大曲》，至宋代失傳，但之後元、明、清三代的歌唱曲譜中，均有以此為題的歌曲記錄（可參考下文中元代的版本）。作為一首分為三段的歌曲，王維七絕的二十八個字或許不太夠用，於是人們在疊唱原詩外，加入由原詩詩意所發展的若干詞句。由於王維詩中「西出陽關無故人」這一句在歌中反覆吟唱，故名《陽關三疊》。

渭城曲
元代《陽春白雪集》

渭城朝雨，一霎浥輕塵。更灑遍客舍青青，弄柔凝，千縷柳色新。更灑遍客舍青青，千縷柳色新。休煩惱！勸君更盡一杯酒，人生會少，自古功名富貴有定分，莫遣容儀瘦損。休煩惱！勸君更盡一杯酒，只恐怕西出陽關，舊遊如夢，眼前無故人！只恐怕西出陽關，眼前無故人。

金句學與用

勸君更盡一杯酒，西出陽關無故人。

　　這兩句詩流傳千古。雖然時至今日，身處兩地的人們可以憑藉科技產品聯繫，但詩中分別時依依不捨，滿懷祝願的心情，即便過了千年，仍然鮮活親切。

詩詞自己讀

少年行

唐　王維

新豐[1]美酒斗十千[2]，
咸陽遊俠多少年。
相逢意氣為君飲，
繫馬高樓垂柳邊。

註釋

1. 新豐：古地名，位於今天陝西省西安市臨潼，以出產美酒聞名。
2. 斗十千：指美酒價格昂貴，一斗酒就要花費一萬貫銅錢。

這首詩詞講甚麼？

新豐這兒產的美酒啊，一斗就值萬貫錢。長安這裏的遊俠，大多是少年。大家一見面，意氣相投，只顧開懷暢飲，把馬就拴在高樓旁的垂柳邊。

讀完想一想！

詩中的遊俠少年是怎樣的形象呢？試說明。

詩詞中的美景

　　新豐這裏出產的美酒，非常醇厚芬芳。價格可不菲，一斗就要萬貫錢。今日既然相逢於此，我們就在這高高的酒樓推杯換盞地飲酒作樂吧。

　　誰讓我們是肝膽相照、意氣相投的遊俠少年呢？我們率真豪爽，我們胸懷坦蕩，見不平事，總要拔刀相助。天下哪裏有多少我們這般的俠義之士呢？

　　邊飲美酒，邊不拘俗禮地暢談，真的是：四海之內皆兄弟也，相逢何必曾相識？

　　千金裘也換了美酒，「人生得意須盡歡，莫使金樽空對月」。邊飲酒邊相互傾訴心中的萬千感慨與豪情壯志。酒過數巡，都已微醉了。

　　可是豪情絲毫不減，幾位少年似乎興致未盡，接着痛飲，一直到覺着耳紅眼熱，也還是要來他個一醉方休！不到豪飲酣醉，怎能對得起我們之間的深情厚誼呢？

　　我們的馬匹，碩大雄壯，就拴在高樓旁的垂柳邊上，等待着主人。待我們敍盡友情，飲光金樽裏的酒，再握手告別，騎上快馬，各路英雄各奔前程。

別忘記，相約的下一次會面的日期啊！

高高的樓閣，堂皇富麗，少年遊俠舉杯相聚；樓下，楊柳青青駿馬長嘶，怎樣的一副美好壯麗的景致啊！

詩詞小知識

　　本詩為王維《少年行》組詩四首中的第一首，詩中的少年們飲酒敍話完畢，便前往戰場報效國家，「孰知不向邊庭苦，縱死猶聞俠骨香」。遊俠、少年，在中國古典文學中是很常見的意象，他們主要指那些浪跡江湖、身懷武藝、血氣方剛、心懷抱負、任俠重義的青少年男子。由於唐代尚武風氣興盛，青年人當中盛行修文習武，建功立業的精神，因而湧現出許許多多以少年、遊俠為名的詩歌。這些詩中的主人翁們的俠氣不僅僅體現在呼朋喚友、輕財重義、恣意快活，更上升到昂揚進取、自強不息、磨練自身、保家衛國、不懼犧牲的時代精神。以下選取兩首唐代名家的《少年行》供拓展閱讀：

少年行
王昌齡

西陵俠年少，送客過長亭。
青槐夾兩路，白馬如流星。
聞道羽書急，單于寇井陘。
氣高輕赴難，誰顧燕山銘。

少年行三首其三
李白

君不見淮南少年遊俠客，白日球獵夜擁擲。
呼盧百萬終不惜，報仇千里如咫尺。
少年遊俠好經過，渾身裝束皆綺羅。
蕙蘭相隨喧妓女，風光去處滿笙歌。
驕矜自言不可有，俠士堂中養來久。
好鞍好馬乞與人，十千五千旋沽酒。
赤心用盡為知己，黃金不惜栽桃李。
桃李栽來幾度春，一回花落一回新。
府縣盡為門下客，王侯皆是平交人。
男兒百年且樂命，何須徇書受貧病。
男兒百年且榮身，何須徇節甘風塵。
衣冠半是征戰士，窮儒浪作林泉民。
遮莫枝根長百丈，不如當代多還往。
遮莫姻親連帝城，不如當身自簪纓。
看取富貴眼前者，何用悠悠身後名。

相逢意氣為君飲，繫馬高樓垂柳邊。

　　年輕人只要意氣相投，就可以坐到一起飲酒談天，抒發壯志。準備馳騁沙場的駿馬留在樓下的楊柳邊，只要這一場酒會結束，少年們就將騎上馬各奔前程，這是一番非常生動的畫面了。

黃鶴樓聞笛

唐　李白

一為遷客[1]去長沙，
西望長安不見家。
黃鶴樓中吹玉笛，
江城[2]五月落梅花。

註釋

1. 遷客：遭到貶謫前往外地的官員。
2. 江城：武漢的別名。

他遭貶謫去長沙，往西望長安，望來望去也看不到家。這時他在黃鶴樓聽到有人吹笛，曲調是《梅花落》，彷彿感覺到是五月的江城落滿了梅花。

我們聽音樂的時候，會說曲調令我們聯想到其中的涵義，「身臨其境」。作者在黃鶴樓聽笛子曲《梅花落》，他感受到了甚麼呢？試說明。

詩詞中的美景

　　漢代的賈誼，曾經離開京城長安，被貶到長沙做長沙王的太傅。赴任途中乘小舟渡過湘水的時候，他想起了楚國的賢臣屈原先生。由此他做了一篇《弔屈原賦》來憑弔先生。

　　詩人念及這段歷史，想到自己也受到了貶謫，離開了京城，卻忘不了在京城時美好的往事。他一而再、再而三地回望長安，但是怎麼望也望不到，更是無法辨明自己家的所在。內心除了遭受貶官的失意與落寞，也還無限地留戀在長安時的日子。那時候，詩人整日地出入皇宮，何其輝煌！又常與友朋相聚，飲酒作詩，直抒胸臆，何等浪漫！

　　此刻，他胸中滿是憤懣，滿是愁苦。他對此番遭遇感到不公，卻又無奈。

　　途經黃鶴樓時，詩人登了上去。樓上有人吹笛，曲調是《梅花落》，這是詩人很喜歡的曲子。於是他仔細聽來，越聽心裏越悲傷，不禁想起寒冬時節，江南盛開的梅花。

　　那凜冽的寒風瑟瑟，白雪飄飄，傲霜雪的梅花。此時在黃鶴樓，溫煦的五月呀，怎麼覺得像寒風白雪中的梅一樣，正經歷着冬的瑟瑟凜冽。仿佛看見江城的梅花紛紛下落！原來這心裏，如同霜打了似的，淒涼苦悶啊！

歷史上，無數的文人墨客，才華蓋世，卻屢遭貶謫，一頁頁的歷史都翻過去了。只有那不多的大詩人大學者，留下諸多詩文，以記載這方面的遺跡。

　　例如：屈原的《離騷》：「路漫漫其修遠兮，吾將上下而求索」；白居易的《琵琶行》：「潯陽江頭夜送客，楓葉荻花秋瑟瑟」；蘇軾的《水調歌頭》：「明月幾時有，把酒問青天」。人生諸多滋味，也都蘊含在詩詞中了。

詩詞小知識

　　《梅花落》傳說是西漢李延年的作品，是樂府二十八橫吹曲之一，用以表現傲雪凌霜的梅花凋落，抒發委婉傷感的離情。到了唐代，它也經常出現在邊塞和遊子思鄉題材的詩歌裏。比如高適的這首詩就是很好的例子：

塞上聽吹笛
高適

雪淨胡天牧馬還，月明羌笛戍樓間。
借問梅花何處落，風吹一夜滿關山。

金句學與用

黃鶴樓中吹玉笛，江城五月落梅花。

　　聽到歡樂的樂曲，我們不禁會聯想人們歡慶節日，彷彿也身臨熱鬧的慶祝場面；聽到悲傷的音樂，我們也會想像音樂講述的故事中有個主人翁正遭遇不幸，與其感同身受，好像自己也遇到了這些事。這就是一種常用的通感寫法。

懷宛陵舊遊[1]

唐　陸龜蒙

陵陽佳地昔年遊，
謝朓[2]青山李白樓。
唯有日斜溪上[3]思[4]，
酒旗風影落春流。

註釋

1. 舊遊：過去遊覽的地方。
2. 謝朓：南齊詩人，有「小謝」之稱，他曾經擔任宣城太守，因此又被稱為「謝宣城」。
3. 日斜溪上：溪水倒映着斜陽。
4. 思：遐想。

這首詩詞講甚麼？

陵陽這個好地方，我過去曾經遊覽過。謝朓曾在這裏築建謝公樓。李白曾在此處飲酒作詩。傍晚我在河邊散步思考，酒樓的酒旗被風吹動的影子倒映在水中。

讀完想一想！

為甚麼詩人會特別想起自己曾去過陵陽這個地方呢？試着從詩中尋找線索，用你認為合理的原因解釋。

詩詞中的美景

　　宣城陵陽這個地方，十分的美麗，山環水繞，清秀絕佳。我曾經遊覽過那裏的風景古跡。

　　現在時常回憶那一段時光，真的是很留戀：那兒有座陵陽山，鬱鬱葱葱，林木尤佳。山前流淌的句溪、宛溪，清流見底。

　　更惹人感慨萬千的是那裏的歷史遺跡。

　　南齊詩人謝朓曾出任宣城太守，他為官並不得志，就修築了一座高樓，名「謝公樓」，以表白他曾在此地為官卻鬱鬱不得志的心懷和豪放的雄心壯志。

　　李白也曾在宣城做客遊覽，常登上謝公樓，與諸位好友開懷豪飲，吟詩作賦，豪爽浪漫。但李白的豪放中自有他的苦衷，他在這裏也曾寫下名垂千古的詩篇——《宣州謝朓樓餞別校書叔雲》，其中「抽刀斷水水更流，舉杯消愁愁更愁」，就是李白當時情緒的宣泄。

　　作者非常仰慕謝朓與李白，當然會登樓憑弔。當太陽的光芒照耀着謝公樓，一片光明的時候，他登上樓，遠望青山，心裏思慕着兩位詩人的蹤跡；他也會在此處痛飲一番，同時想像着謝朓

鯤鵬萬里而不得志的胸懷，彷彿他就在這裏，面對青山而感慨；也似乎於想像中看到李白正在書寫激昂的詩篇。他於是胸中塊壘頓消，感覺能與謝朓、李白同情懷，自己也是個頂天立地的男子漢了。

而當夕陽西下的時候，作者會去句溪、宛溪兩條溪流那裏散步。他徜徉徘徊着，反覆地思考着，為甚麼謝朓能築樓以表心跡；李白在此處寫下流芳千古的詩作呢？

當他這麼冥思苦想的時候，漸漸西沉的太陽正溫柔地照耀着群山和溪流，群山秀麗、清波微漾，金紅色的水波被微風吹得起伏不定，尤其好看。河邊的酒館招搖的旗幟也給風吹得掀動翻飛，映射在水中的倒影隨波搖盪。

這自然美景也使得作者鬱悶的情懷得以舒緩了吧。

　　本詩第二句「謝朓青山李白樓」，提到了兩位著名的詩人，以及他們跨越時空的因緣。陵陽山位於今天宣城北方，傳說仙人陵陽子明在當地得道飛仙，因此得名。南齊詩人謝朓出任宣城太守期間，曾在這裏修築了一座「謝公樓」。數百年後的唐代天寶年間，李白離開京城四處漫遊，在天寶十三年（754年）來到宣城，登樓觀景，寫下了《秋登宣城謝朓北樓》一詩：「江城如畫裏，山晚望晴空。兩水夾明鏡，雙橋落彩虹。人煙寒橘柚，秋色老梧桐。誰念北樓上，臨風懷謝公。」之後，李白又寫下了另一首與謝公樓有關的名作《宣州謝朓樓餞別校書叔雲》：「棄我去者，昨日之日不可留；亂我心者，今日之日多煩憂。長風萬里送秋雁，對此可以酣高樓。蓬萊文章建安骨，中間小謝又清發。俱懷逸興壯思飛，欲上青天攬明月。抽刀斷水水更流，舉杯消愁愁更愁。人生在世不稱意，明朝散髮弄扁舟。」李白在兩首詩中以謝朓自比，他欣賞謝朓清新優美的文筆，感懷其懷才不遇、不能得志的鬱悶，兩個詩人的心靈，就這樣通過詩歌和名樓產生了共鳴。

金句學與用

唯有日斜溪上思，酒旗風影落春流。

　　本詩前兩句講述了作者回憶的地點與時間，還有陵陽當地的人文風貌，抒發了故地重遊的感歎與對古人事跡的懷念。最後這兩句突出作者當時「遊」的見聞，以寫意的筆法描繪了陵陽的風景，含蓄委婉地傳遞出了作者的情緒。

詩詞
自己讀

清 明

唐　杜牧

清明時節雨紛紛[1]，
路上行人欲斷魂[2]。
借問[3]酒家何處有，
牧童遙指杏花村。

註釋

1. 紛紛：形容雨下個不停的樣子。
2. 欲斷魂：形容人情緒低落，鬱鬱不樂。
3. 借問：請問。

清明時節到了，小雨下個不停。走在路上的人心情抑鬱。問問當地人，甚麼地方可以買到酒？牧童指指遠處的杏花村。

1. 清明節是中國的傳統節日，人們會在這一天祭拜祖先，吃應節的食品，你的家庭有甚麼過清明節的習慣？

2. 為甚麼詩人要詢問酒家在何處？最後的兩句詩，在整首詩中起到了甚麼作用？

詩詞中的美景

　　清明時節，小雨紛紛下落。這時的雨，不似夏季的狂驟，卻總是滴個不停。這幾日是重要的節日。人們要祭奠逝去的親人，又逢早春，樹木生枝長葉，百花盛開，爭奇鬥豔，所以人們也會去踏青。

　　可是清明節最為重要的事情，就是祭掃親人的墓地，以表哀思。所以這節日來臨時，許多人會回憶起親人，回憶起往事，心裏不勝哀愁。

　　詩人就在這時候，匆匆地走在一處陌生的地方，是做甚麼去了：祭掃異地的親屬墓地？拜訪某位友朋？抑或是踏春賞花來了？不得而知。

　　不過，他行色匆匆，淋雨前行，還要受冷風的侵襲，衣衫也濕了，身體倍覺寒涼，實在是狼狽不堪。

　　可以看出，他若是來祭奠親人，上墳掃墓的，那麼還未到達目的地，就已經風雨難耐了，想起親人的逝去，心情也格外地鬱悶和傷心。若是來此地踏青呢？則趕上小雨紛亂不停息，也是掃人興致的。

既然詩人處於此情此景，孤獨狼狽，他就不得不尋思：哎呀，這麼折磨人哪！簡直失魂落魄啦！先找一家小酒館，喝點酒，暖暖肚，把淋濕的衣服烘乾吧。

　　於是他走向前，停在一位小孩身邊。小孩還牽着一頭牛，正要回家去。詩人問：「你可知哪裏有酒館，甚麼地方可以買到酒來飲呢？」牧童微微笑笑，用手指向前方。詩人順着他所指的方向望過去，原來是一片深深的粉白的杏花林，杏花更深處，隱隱約約可見茅草屋的屋頂。在細雨縹渺之中，這麼的一幅圖畫，如煙似霧，如雲似霞，給予詩人一份期望、一份溫暖，似乎就是為了詩人這樣的雨中行人而準備的呢。

詩詞小知識

　　杜牧在這首詩中提到的杏花村，可不是現在位於香港島的杏花村。實際上，唐代的這個杏花村所處的位置，後人有山西汾陽、安徽貴池、湖北岐亭等幾種說法。但無論真實的杏花村在甚麼地方，它都以出產美酒聞名。自杜牧這首詩之後，杏花村指代酒館的意涵廣為人知。甚至在《紅樓夢》中，也將有山莊酒旗的大觀園一景命名為「杏簾在望」。

金句學與用

借問酒家何處有，牧童遙指杏花村。

在這首詩前兩句說明了時間地點，以及清明雨水不斷，氣氛憂鬱的環境之後，詩人想要打破這一沉悶的氛圍，於是和路邊的小牧童展開了有趣的對話。詩歌只寫到「遙指杏花村」為止，之後詩人有沒有去找酒館，去了以後有沒有喝酒，心境產生了甚麼變化，就留待讀者自己去思索領會了。言有盡而意無窮，這就是古典詩歌的魅力。

獨坐敬亭山[1]

唐　李白

眾鳥高飛盡，
孤雲獨去閒[2]。
相看兩不厭[3]，
只有敬亭山。

註釋

1. 敬亭山：山名，在今天安徽省宣城北水陽江畔。
2. 獨去閒：獨去，獨自去。閒，形容雲在天空飄盪悠閒自在的樣子。
3. 厭：厭倦。

這首詩詞講甚麼？

　　群鳥朝遠處飛去，消失在高遠的天邊。一片白雲獨自悠閒地飄走，無影無蹤。

　　此刻相互你看着我，我看着你，不覺厭倦的，只有我與敬亭山了。

讀完想一想！

1. 你認為李白寫這首詩時，是坐在山上，還是山下呢？

2. 試回想一次與家人行山的經歷，描述當時的所見所聞。

詩詞中的美景

　　詩人李白，字太白，號青蓮居士。祖籍甘肅。自幼聰穎好學，少年即吟詩作賦，顯露出非凡的才華。從小隨父遷居綿州，即現在的四川。二十五歲離開四川，長期在各地漫遊，對社會和人世有深刻的體驗。

　　後來，李白經歷了安史之亂的流離漂泊，又被冤枉入獄，遭遇戴罪流放，此時他已進入花甲之年。他最後一次步履艱難地爬上安徽宣城的敬亭山，獨自坐在那兒，再也沒有昔日高朋滿座、盛友如雲、迎來送往的場面，沒有把酒論天下、揮毫談詩詞的沖天豪氣了。

　　世事如浮雲！從高官厚祿瞬間跌作階下囚的詩人，只有登上這敬亭山，欣賞山中美景，在寧靜秀麗的景色中，還能找到內心的安慰吧。山裏有溪水長流，有很多的鳥兒飛翔鳴叫，有森森的樹木，大自然的生機勃勃啊，能夠治癒詩人受傷的心靈嗎？

　　而此刻詩人看到的，卻是一群飛向遠處的鳥兒，牠們越飛越遠，直至無影無蹤；遼闊的空中，一朵孤雲也悠然地飄去不見了。詩人無限傷感了，彷彿鳥兒不願與他相伴，雲朵也不想陪伴他了。只有這座敬亭山啊，默默地接納他，永遠不變地與他情感交流融

合。他默默地望着敬亭山，彷彿這座山才是自己永久的良朋和知己。鳥去雲散，而在敬亭山的懷抱中，這樣的靜謐，這樣的祥和，詩人被世人漠視的情懷似乎得以舒緩。其實他那冷漠的遭遇、淒涼的處境，越發地在這種無聲的氛圍中顯現出來了。人無情，山有情，恐怕只有人與山相對，才是他唯一的安慰吧。

人生短暫，世事無常，山川永恆。漸漸老去的李白，不由得悲涼起來，坐在敬亭山上，久久不願離去。

詩詞小知識

在前面的詩中，我們講到了絕句的押韻。《獨坐敬亭山》這首詩也押韻嗎？答案是肯定的。那麼這首詩有幾個押韻的字呢？從平仄和韻腳來看，這首詩押的是第二句和第四句末尾的「閒」與「山」兩個字。

金句學與用

相看兩不厭，只有敬亭山。

中國文人善於和山水相處，山水看得久了，感覺山也有心，水也有情，能夠體會人的心緒，給人帶來心靈上的慰藉。

在寫景物描寫文時，我們也可以採用這種寫作技巧。我們快樂時，看到街邊的花草樹木搖擺枝葉，似乎也很高興；我們難過時，看到海上的波浪，嘩嘩的聲音是不是也在安慰我們呢？

逢雪宿[1]芙蓉山主人

唐　劉長卿

日暮蒼山遠[2]，
天寒白屋貧。
柴門聞犬吠，
風雪夜歸人[3]。

註釋

1. 宿：投宿，借宿。
2. 日暮蒼山遠：青山在暮色中顯得遙遠。
3. 夜歸人：晚上回來的人。

暮色降臨，天地蒼茫。青山在一片昏曚裏，更顯得越加遙遠。寒冬時候，農家的茅草屋，看起來越加貧寒。柴門外，突然聽到一陣犬吠聲，原來是這家的主人冒着風雪歸來了。

芙蓉山茅草屋的主人，天寒地凍的時刻仍然在外奔波到很晚才回家。他在外面做甚麼呢？投宿這一家的旅人又要去哪裏呢？請想像一下。

詩詞中的美景

　　傍晚時分，暮色降臨，天地蒼茫。青山在一片昏昏矇矇裏，看起來影影綽綽，顯得那麼遙不可及。一所簡陋的茅草屋在曠野中、在凜冽的寒氣中，是那麼孤零零的，更加顯得貧寒蕭瑟。

　　寒風不停地吹着，長途跋涉更使得一位旅行者步履艱難，疲勞困頓。他懷着忐忑不安和熱切的期望，向這家人表達想投宿的願望。沒想到，他受到熱情的歡迎。

　　進入遮風的屋內，他停下了疲憊的腳步，覺得非常幸運。本來焦灼的心情瞬間消失，接下來又受到這家人熱情的款待，真的如同回到家裏一樣的溫暖。

　　緊接着夜晚來了，黑黑的夜啊，寒冬的夜！他和這家人都已安歇。此刻身心無比舒暢，內心升起感激之情，不知如何回報這雖然貧窮卻收留招待他的善良人家。山居的荒涼，四周的靜謐以及奔波在外的孤寂，並沒有影響他的心境，熱情好客的人家使他倍覺溫馨。再說他實在過於疲倦，很快就進入了香甜的夢鄉。

　　突然，柴門外陣陣犬吠聲傳來，他被驚醒了。這聲音在寂靜的山野裏，響亮，震撼，劃破了夜晚深邃的寧靜，大山都回聲回

應。沉睡的荒野一下子變得富於生機了。此刻，不僅僅只有寒冷的風呼嘯着，大雪也不知何時從天而降，天地之間白茫茫一片。

原來，芙蓉山的主人為謀求生活，終日在外勞碌奔波，在這深夜裏才頂風冒雪回到了自己的家。

詩詞小知識

在唐詩中，我們可以發現一類有趣的詩歌，它們的內容講述的是詩人在旅途上投宿的見聞與感想。唐代的時候不像現代各地各處都有便利的旅館酒店，到了夜裏，遠遊的人們可能就要借住寺廟道觀，或者在民居投宿。住在景色清幽的寺觀，可以觸發詩人的奇思妙想，比如李白的《夜宿山寺》寫到「危樓高百尺，手可摘星辰。不敢高聲語，恐驚天上人。」住在民居，則可以感受到當時平民百姓的日常生活與社會疾苦。比如李白《宿五松山下荀媼家》：「我宿五松下，寂寥無所歡。田家秋作苦，鄰女夜春寒。跪進雕胡飯，月光明素盤。令人慚漂母，三謝不能餐。」講述了主人家老婦待客的尊敬態度，以及農家日常的食物。而杜甫《石壕吏》中，也正是因為詩人在某家投宿，才見證了百姓在戰亂中家破人亡的悲慘遭遇。

金句學與用

柴門聞犬吠，風雪夜歸人。

　　這兩句詩寫的是主人翁順利投宿茅屋，在夜裏休息的時候聽到主人歸來。詩人切入的角度非常獨特，沒有寫茅屋內的場景和自己的情況，而是寫在深夜風雪交加，深山舊屋荒涼安靜的氣氛下，突然聽見犬吠，動靜對照，未見其景先聞其聲，非常生動新奇。

　　景物描寫文中，可以寫的不僅僅是我們所見之物，聽覺、觸覺、嗅覺上的感觸，亦可以起到描摹的作用。

黃鶴樓送孟浩然之[1]廣陵

唐　李白

故人西辭黃鶴樓[2]，
煙花[3]三月下揚州。
孤帆遠影碧空盡[4]，
唯見長江天際流[5]。

註釋

1. 之：去，到。
2. 黃鶴樓：位於湖北省武漢市武昌蛇山，是江南四大名樓之一。
3. 煙花：形容春天花草豐茂，煙霧朦朧的景象。
4. 碧空盡：消失在碧藍的天際。盡，盡頭。
5. 天際流：流向天際。

這首詩詞講甚麼？

老朋友在黃鶴樓與我辭別，在鮮花爛漫的三月去往揚州。在碧藍的天空下，他乘坐的小船，一片孤帆慢慢地消失了，只見那浩浩蕩蕩的長江流向天邊。

讀完想一想！

1. 想像一下，詩人目送朋友的船遠去，心裏想的是甚麼呢？

2. 你還讀過哪些送別詩？試舉例子。

詩詞中的美景

　　當年，詩人李白正年輕，心中不僅有着大鵬高飛的遠大理想，還充滿對美好生活的憧憬。他的好友孟浩然，終日除了吟詩作賦，就是浪遊天下。

　　李白呢，不僅仰慕孟浩然的詩名，也很讚賞他這種陶醉於山水間自由自在的情懷。二人志趣相投，交往得很愉快，經常在黃鶴樓飲酒相聚、流連暢談。

　　此時，正值暮春三月，而孟浩然要去遊覽一番的，又是江南柳絮如煙、百花盛開的揚州。他倆在黃鶴樓這樣的天下名樓握手辭別，隨後孟浩然就乘一葉小舟，順長江東下漂流到揚州去了。

　　李白站在江岸上，目送小舟慢慢地越來越遠，那一片孤帆漸漸消失在碧藍的天空中終於看不見了。只見浩瀚的長江，永不停息地滾滾東流，流向天邊流向天際。

　　這個時候，李白心裏並沒有甚麼憂愁和傷感，因為孟浩然這趟旅遊實在讓他羨慕。他嚮往揚州，又尊崇孟浩然，所以，當那告別的時候，李白的心啊，也早就跟着好友一起飛到揚州去了。

李白寫出這首詩來表達送別的詩情畫意，哪裏有一點點「人生自古傷離別」的味道呢？簡直就是一曲暢想曲，也是一首抒情詩！

真個是：開天闢地，浪漫瀟灑唯李白；由古至今，倜儻風流莫過於孟浩然啊！

詩詞小知識

現代通訊和交通發達，人們很少會有分別之後幾個月，甚至幾年、十幾年毫無音訊的體驗。現在我們送別朋友，可能是大家吃一餐飯，開個送別派對，那麼唐代文人送別朋友會做甚麼呢？他們會寫詩。大家耳熟能詳的送別唐詩，有李白「桃花潭水深千尺，不及汪倫送我情」的《贈汪倫》，王維「勸君更盡一杯酒，西出陽關無故人」的《渭城曲》，王勃「海內存知己，天涯若比鄰」的《送杜少府之任蜀州》，王昌齡「洛陽親友如相問，一片冰心在玉壺」的《芙蓉樓送辛漸》，高適「莫愁前路無知己，天下誰人不識君」的《別董大》。

你還讀過或者背誦過哪些有關送別的詩詞名篇呢？

金句學與用

孤帆遠影碧空盡，唯見長江天際流。

　　雖然離別令人傷感，但是想到朋友將要前往的廣闊天地與沿途美景，詩人的心情也暢快起來。小船一直行駛到天的盡頭，滾滾長江連綿不絕，這是多麼壯觀的景象啊！有這兩句，整首詩的格調就脫離了送別感傷的情緒，變得昂揚起來。

　　同一類事件，每個人對其感情態度不同，寫出來的文字亦不同，大家在寫作中，可以多揣摩。

贈汪倫

唐　李白

李白乘舟將欲行，
忽聞岸上踏歌[1]聲。
桃花潭[2]水深千尺，
不及汪倫送我情。

註釋

1. 踏歌：是一種唐代的歌舞方式，人們一邊唱歌，一邊用腳踏地打拍子。
2. 桃花潭：在今天的安徽涇縣。

李白我坐着小船，就要離開此地去遠處他方。忽然聽到岸上傳來踏歌的聲音。桃花潭水你有多深呢？即使有一千尺那麼深，也比不上汪倫送別我的情意深。

想像一下，李白和汪倫為甚麼會成為朋友呢？他們分別的時候，兩位好友之間會說些甚麼？

詩詞中的美景

　　名滿天下的詩仙李白，遊歷涇縣桃花潭時與村民汪倫結下了深厚的友情。他倆時常在一起，一杯又一杯地飲酒，相談甚歡。得知李白要遠行，昨日汪倫已設宴與李白話別。可是因為汪倫有事，只好抱歉地說明天不能前來送行了。李白難忘與汪倫的深情厚誼，自是萬分地遺憾啊！

　　可是正當李白準備解開纜繩，放船離去之時，忽然聽到岸上踏歌的聲音，那麼爽朗悠揚，心裏立刻預感到定是汪倫來送行了，不禁抬頭一看，真的是汪倫，領着一群村民，手把手、兩腳踏地，有節拍地邊走邊唱着歌。李白那份欣喜呀，頓時湧上心頭，離別時刻不見友人的惆悵霎那間煙消雲散了。

　　於是李白上岸，接過汪倫手中的酒杯，款款地飲下。汪倫不過一介村夫，哪裏比得上李白聲名揚四海呢？他倆又是如何相識的呢？

　　原來，有這麼個故事：汪倫曾給李白一封信，信上熱情洋溢地寫道：「先生好遊乎？此地有十里桃花。先生好飲乎？此地有萬家酒店。」

　　李白讀信後深覺幽默，感覺汪倫並非俗人，雖不認識汪倫，

仍然欣然前往。見汪倫為人熱情好客，豪放不羈，雖為村民，卻非常人，就問他桃花和酒家在甚麼地方。汪倫回答說：「桃花者，潭水名也，並無桃花；萬家者，店主人姓萬也，並無萬家酒店。」引得李白大笑，覺得汪倫啊，實在幽默風流，就應邀留在他家住了幾天。因二人都是性格開朗，內心豪放的人，此後遂成相好相知。

此刻，踏歌已畢，飲酒也很歡快，李白很受安慰。他想：我怎麼在離別時表達我二人之間那種難以磨滅的感情，我又如何回報汪倫送我的一片深情呢？

他想起附近的桃花潭。那潭水清澈深幽，誰也不知道到底有多深。李白心想，就算你桃花潭有千尺之深，也比不上汪倫送我的真摯感情啊！

於是李白隨口吟詩一首，贈送給汪倫：「李白乘舟將欲行，忽聞岸上踏歌聲。桃花潭水深千尺，不及汪倫送我情。」傳說直到宋代，汪倫的子孫都珍藏着這首詩的詩稿。

詩詞小知識

　　踏歌是一種從漢代起就廣泛流傳的中國傳統民間舞蹈。它是一種群舞，舞者成群手把手，以腳踏地，邊歌邊舞，現代在中國邊疆一些少數民族地區，仍然可以看到這種舞蹈方式。據《後漢書・東夷列傳》記載：「晝夜酒會，群聚歌舞，舞輒數十人相隨，踏地為節。」唐代踏歌不但在民間廣泛流傳，還被改編成宮廷舞蹈。唐代許多詩人都描述過這種「國民舞蹈」，劉禹錫《踏歌詞》就寫到：「春江月出大堤平，堤上女兒連袂行」；「新詞宛轉遞相傳，振袖傾鬟風露前」。到了宋代，馬遠的名畫《踏歌圖》中，還寫着寧宗皇帝的題詩：「宿雨清畿甸，朝陽麗帝城；豐年人樂業，壟上踏歌行。」

金句學與用

桃花潭水深千尺，不及汪倫送我情。

　　這兩句詩看似口語般直白，卻通過對比和誇張的手法，寫出了作者與汪倫之間的深厚情誼。

聞王昌齡左遷龍標遙有此寄

唐　李白

楊花落盡子規[1]啼，
聞道龍標[2]過五溪[3]。
我寄愁心與明月，
隨風直到夜郎[4]西。

註釋

1. 子規：即杜鵑鳥，又稱布穀鳥，相傳牠的叫聲非常悲哀，有杜鵑啼血之說。
2. 龍標：古代地名，大概在今天的河南省懷化縣。
3. 五溪：古代地名，亦有說法是在湖南與貴州之間的五條溪水的總稱，目前人們對此仍有討論。
4. 夜郎：原指漢代中國西南地區少數民族建立的政權，唐代的時候，曾經在湖南一帶設立過夜郎縣，詩人所指的就是湖南的這個地名。

這首詩詞講甚麼？

楊花都已落光，杜鵑開始啼叫。聽說你要到龍標去，經過五溪。我只好把心裏的憂傷託付給明月，讓我的思念隨着風兒一直陪伴着你，直到夜郎的西邊。

讀完想一想！

當你聽說有親朋好友要去很遠且交通不便的地方，你會有甚麼樣的心情呢？

詩詞中的美景

　　暮春時節，柳絮飄呀飄，待到它們都落光飛盡了的時候，萬木萌發、百花齊放、欣欣向榮的景象，眼看就要隨時令的流轉而逝去，盛夏即將來臨。真個是：落盡春花又一春啊！

　　杜鵑卻在此時開始了聲聲啼叫。傳說，古時蜀王杜宇，國亡身死，內心憂憤，他的精魂就化作了鳥兒杜鵑。那杜鵑啊，日夜啼鳴不止，聲音最是淒婉哀涼，聽起來讓人愁腸百轉！故歷來都有「杜鵑啼血」這樣的說法。

　　我聽說在這時候，我的摯友王昌齡被貶到湖南夜郎任龍標縣尉，前去赴任要路過武溪、巫溪、酉溪、沅溪、辰溪，這麼遠的路程啊！我知道你心中一定懷有杜鵑一樣的情懷，悲憤而又無奈。

　　歷代文人墨客，哪一個不是滿腹詩書、才華橫溢，哪一個不心懷報效國家的豪情壯志呢！可又有幾個，能夠免於奸佞小人的造謠中傷而不至於仕途多難、屢遭貶謫呢？這又是何等無奈啊！

　　我為你感到難過卻無力相助。誰讓你我心志相同、志趣相投呢？我只有仰望那輪明月，它是和平慈愛的，對於大地上的萬物一視同仁，只將銀輝慷慨地遍地揮灑。如今，我只好把這份憂愁與遺憾寄託於明月，只有明月知曉你我壯志未酬、身不由己的哀怨啊！

　　從今往後，你和我啊，人隔兩地，把酒豪飲、暢談心聲的日子難以再來。但我倆可以千里共嬋娟，夜夜同對中天的一輪清輝彼此思念。現在，就讓我的這份心思啊，隨清風一路陪伴你，直到那遙遠的夜郎西吧。

詩詞小知識

　　我們讀唐詩時，經常會見到標題或詩句中提到「左遷」這個詞。它的意思是降職、貶官。因為古人尊右卑左，故稱官吏被貶降職為「左遷」。一些官員被降職去偏遠的地方赴任，古代交通不便，偏僻地方生活條件不理想，親友送別的詩文和官員自己的作品中往往提到「左遷」之路是趟苦差事。但從另一方面看，去外地赴任也豐富了詩人的人生經驗，讓他們見識到不同於繁華都市的風景，為他們的創作提供了源源不斷的素材。

金句學與用

我寄愁心與明月，隨風直到夜郎西。

　　詩人不能親身陪伴朋友去到偏遠的地方，只能希望自己
的心意像明月清風一般伴隨在朋友的旅途中。這兩句詩有着
類似於張若虛《春江花月夜》「此時相望不相聞，願逐月華流
照君」的意境。

　　寫作抒情文時，我們可以借鑒這樣的寫作手法。

漫 興[1]

唐 杜甫

腸斷春江欲盡頭，
杖藜徐步立芳洲[2]。
顛狂[3]柳絮隨風舞，
輕薄桃花逐水流。

註釋

1. 漫興：隨興所至，隨筆寫就。
2. 芳洲：長着花草樹木的水中小洲。
3. 顛狂：原意為精神狂亂，這裏指恣意不羈。

三春將盡，我拄着拐杖漫步江頭，站在一塊長滿花草的小洲上。只見那柳絮隨風恣意地亂飛，又見那輕薄的桃花隨波逐流。

後世有人說杜甫這首詩的最後兩句抒發的是他對朝廷中輕薄無狀，心性不端的小人的指責；也有人說這只是杜甫在描述晚春的景色，你是怎麼想的呢？

詩詞帶我讀

詩詞中的美景

　　春已深，長長的柳絲輕飄飄地飛揚。桃杏紛紛花落，化作春泥更護花了。沾衣欲濕的迷濛細雨、吹面不寒的楊柳風，也隨春而去；偶爾一聲春雷，預告着人們柔和妙曼的春光即將逝去了。

　　我拄着拐杖，慢慢走到江頭的一塊水中陸地，那上面長滿了淺草和芬芳的小花。我想在此處略作休息，四下欣賞觀望，體味那春盡的興味。

　　曾經的春光，萬物欣然，岸柳成行，柳色由鵝黃漸漸變綠。百花齊放、爭相鬥豔，那種萬紫千紅啊，實在是欣欣向榮的景象了。我也每每在春的意境裏，感覺到輕鬆舒緩。

　　可是當春意將盡之時，再一睹春深的景色，也應是樂在其中的啊！我望望四周，輕而白的柳絮並不像花兒那般，直接墜地，繽紛的落英點綴地面，又是一番別有滋味的景致。它卻是離開枝條散向四處，隨風向忽而形成一股股猛烈的雪似的狂流；忽而打着漩渦然後飄散開來；忽而又隨風飄揚，飛走漫散了。若是微風吹來，那柳絮輕輕飛舞，看似還有些平和安詳。若遇一陣輕狂的風，你看那柳絮啊，就身不由己地顛狂起來，團團地亂飛亂轉。

我不禁想起那些朝廷裏的奸佞小人，他們沒有立下端正的心性，一有機會，便污衊毀謗，陷害忠良，和這隨風亂舞肆無忌憚的柳絮有甚麼區別呢？

　　我再低下頭，那水面上，緊傍江邊的頹敗的桃花落了下來，一瓣瓣地漂在上面，就這麼隨水波一起一伏地遠去了。水往哪邊流，它們就往哪邊漂。這使我又想到社會上那麼多不知自重的勢利之人。他們隨波逐流，甚至同流合污，為一己之利，不惜天下大亂。

　　啊！我從居住的花溪草堂慢慢地行至此處，就為一覽這春深的景象。誰不知，這以後，又要等一年，春才會再來呢？我看到柳絮隨風舞、桃花逐水流，內心也不由自主地惆悵煩悶起來了！

詩詞小知識

　　本篇的「漫興」，是杜甫在成都草堂居住時完成的九首同名詩之一。這九首詩按照從春至夏的時節來排列，前七首寫詩人生活的周邊環境內早春、仲春、晚春的景物，後二首寫春夏交接之際的風景。從詩人對這些景物的描寫中，我們或許可以一窺杜甫隱居期間的心緒。

金句學與用

顛狂柳絮隨風舞，輕薄桃花逐水流。

　　創作領域有這樣的一個說法，人用筆描寫出來的景色，往往會代表他的心境。柳絮和桃花是無知無識，順應季節變化產生凋落的，它們哪裏懂得甚麼叫「顛狂」，甚麼叫「輕薄」呢？無怪乎有人認為杜甫這首詩是在借物喻人了。

涼州詞·
黃河遠上白雲間

唐　王之渙

黃河遠上[1]白雲間，
一片孤城萬仞山。
羌笛[2]何須怨楊柳，
春風不度[3]玉門關。

註釋

1. 遠上：遠遠望去，這裏指順着黃河源頭的方向眺望。
2. 羌笛：一種曾經是少數民族的樂器，橫着吹奏。漢代傳入以後，流行於唐代邊塞地區。
3. 度：吹過，吹到。

這首詩詞講甚麼？

由遠處觀望，黃河的源頭好像高高地從白雲裏流出來似的。一座孤城聳立於萬仞高山之中。羌笛啊，為甚麼要吹《折楊柳》這支曲子？春風是吹不到玉門關的啊！

讀完想一想！

1. 《涼州詞》是唐代詩人王之渙的名作，亦是一首著名的邊塞詩。這類題材的詩歌是怎樣的風格呢？請結合本詩討論一下。

2. 上網尋找一些關於中國甘肅一帶風景的紀錄片，想像唐代邊關的景象。

詩詞中的美景

　　在甘肅敦煌的玉門關外，荒野之上，有一座孤獨的城堡。城堡坐落在似乎有幾萬尺那麼高的群山之中，顯得孤獨而又荒涼蕭瑟。戍邊的將士們在這兒守衛着邊疆。

　　詩人遠望，只見遠處一片廣漠地帶，直到極遠的天邊，荒無人煙。那高而遠的天空，朵朵白雲清晰可見。永遠翻騰着黃沙濁浪的黃河由西向東奔流不息。黃河的源頭看起來就如同從白雲深處流出來一樣，真是一道壯美的奇觀啊！「黃河之水天上來」，果然如此，名不虛傳。

　　源遠流長的黃河，千萬年以來，就這麼從西北邊塞往東流去，流不盡許多愁啊！那座孤零零的城堡被山川環抱，越加顯得巍然聳立，一派悲壯而又蒼涼的氣勢。將士們縱有豪邁的志向，又怎能不感覺孤獨寂寞、不思念家鄉呢？

　　「聊將柳枝寄，軍中書信稀」。因為遙遠荒僻，家書難寄，所以人們有折柳枝以寄託思鄉之情的風俗。

　　可是，自古以來，玉門關外這樣的寒疆邊地，哪裏比得了江南那般微風輕拂、柳絲長、春雨細呢？這裏春風不來，楊柳不會

發青生葉，無法折楊柳以寄情。尤其在淒涼的夜晚，悠揚的羌笛吹奏着《折楊柳》這首傷別離的曲子。音調哀怨悽惻，更勾起壯士們的鄉愁了。

要知道，春風是吹不到這裏來的啊！又何必吹奏羌笛怨恨玉門關外春意蕭蕭呢？

詩詞小知識

涼州是唐代的古地名，在今天的甘肅省武威市，因為它地處西北，常年天氣寒冷故而得名。《涼州曲》原本是涼州一帶的地方歌曲，它吸納了西域少數民族音樂的特色，後來成為唐樂府的曲名。因為這支曲子強烈的地方特色，詩人按照曲譜以《涼州詞》《涼州歌》為題創作詩歌時，其內容經常用來描述邊塞風情、征人生活，詩中亦常常出現羌笛、琵琶、葡萄酒、玉門關、大漠、戎馬征戰等西域邊關特色意象。王之渙寫過兩首《涼州詞》，本篇即為其一。此外，唐代還有王翰、孟浩然、張籍等著名詩人都寫過同名詩歌，在此羅列於下：

涼州詞二首　王翰

其一

葡萄美酒夜光杯，欲飲琵琶馬上催。
醉臥沙場君莫笑，古來征戰幾人回。

其二

秦中花鳥已應闌，塞外風沙猶自寒。
夜聽胡笳折楊柳，教人意氣憶長安。

涼州詞　孟浩然

渾成紫檀金屑文，作得琵琶聲入雲。
胡地迢迢三萬里，那堪馬上送明君。
異方之樂令人悲，羌笛胡笳不用吹。
坐看今夜關山月，思殺邊城遊俠兒。

涼州詞三首　張籍

其一

邊城暮雨雁飛低，蘆筍初生漸欲齊。
無數鈴聲遙過磧，應馱白練到安西。

其二

古鎮城門白磧開，胡兵往往傍沙堆。
巡邊使客行應早，欲問平安無使來。

其三

鳳林關裏水東流，白草黃榆六十秋。
邊將皆承主恩澤，無人解道取涼州。

金句學與用

羌笛何須怨楊柳，春風不度玉門關。

這一句真可謂是邊塞題材唐詩中的千古名句了！儘管沒有一個字寫到征戍邊疆的戰士，沒有一個字寫他們生活、作戰的艱苦，作者委婉「勸說」羌笛不要吹奏思鄉的曲子抒發哀怨，反而突顯出了這種情緒。

絕句· 兩個黃鸝鳴翠柳

唐 杜甫

兩個黃鸝鳴翠柳，

一行白鷺上青天。

窗含西嶺[1] 千秋雪，

門泊東吳萬里船。

註釋

1. 西嶺：西嶺雪山，位於四川省成都市大邑縣。

這首詩詞講甚麼？

綠綠的柳枝上，兩隻黃鸝啼叫着，一行白鷺飛向高高的藍天。通過我的窗戶可以見到岷山的千年積雪。由東吳萬里往來的船隻，就像是停泊在門外一樣了。

讀完想一想！

你認為這首詩體現了作者甚麼樣的心情？是歡快的還是傷感的？試討論。

詩詞帶我讀

詩詞中的美景

　　我的一生坎坷多磨，我的日子素樸簡單。在成都郊外的花溪，我居住的只是幾間簡陋的茅草屋。

　　每當春天來臨，四周的景物那麼欣欣向榮，實在令人不由得隨季節的溫馨、景物的美麗而心情輕鬆舒暢起來。

　　看吧，屋外翠綠的柳枝上，有一對可愛的黃鸝正在仰頭愉快地鳴叫，唱歌似的，聲調優美清脆。一會兒，其中一隻黃鸝忽地飛走了，另一隻也飛快地跟隨而去。原來，是一對恩愛的伴侶啊！小小的鳥兒，竟然這麼的有靈性，我的心情也被渲染得明朗起來了。

　　天空湛藍，晴朗得一望無際。一群白鷺撲打着翅膀，高高地飛去，在那寥廓得只有鳥兒才能恣意飛翔的空中自由地遨遊。

　　從茅屋的窗戶望出去，連綿起伏的岷山，山上千年不化的積雪，盡收眼底，真彷彿是一幅被四條邊框圈起來的畫；但和畫又不盡相同：我明明看到了雪山群峰的雄偉壯闊；厚厚的積雪是那麼潔白、晶瑩剔透；甚至感覺越過江面呼吸到了冰雪的芬芳氣息。這絕美的景色，雖然只局限於我的窗口，可是憑窗遠眺的這幅畫，它是無垠的、靈動的、空靈的和飄逸的。沒有哪一個畫家的畫筆，能夠描繪出使人如此震撼和歡愉的畫面來。

　　從茅屋的門向外眺望，一江春水向東流，浪濤澎湃、碧波萬頃，心胸也頓覺開闊了。那些由萬里東吳來來往往的航船，遠遠近近，形形色色，船隻靜靜停泊、船身微微隨波蕩漾，又一幅動人的畫面，都囊括在這扇門內了。我還可以看見江天一線的片片帆影漸漸駛來；目送它們順江而下，消逝在迷茫的遠方。

　　這茅屋啊，哪裏敢與帝王的豪華宮殿相比呢？可是那宮門深鎖、壁壘森嚴的深深庭院，哪裏有住進茅屋裏那般的悠閒自在？又怎能觀賞得到近在咫尺、遙望萬里的山水畫卷呢？

詩詞小知識

　　絕句，又稱截句、斷句、絕詩，一首詩共四句話。它起源於南朝，在唐代開始流行。絕句每首四句，按每句字數，可分為五言、六言、七言。按格律要求的嚴格程度，絕句又可以分為律絕和古絕。

金句學與用

窗含西嶺千秋雪，門泊東吳萬里船。

描寫景物時，敍述者所處的位置也可以成為觀察景物的「瞭望處」。

這裏選的這兩句，一般人或許會寫「我的家門外遠處有雪山，近處有來自東吳的船」，這就顯得平淡了。但杜甫這兩句詩以「千秋雪」對「萬里船」，「山峰」對「河流」，十分工整，而且雪山與船舶這兩種景物，它們是分別從窗口或門口見到的，看起來就像有了畫框的畫，生動有趣。

江南逢李龜年

唐 杜甫

岐王[1]宅裏尋常見，
崔九堂前幾度聞。
正是江南[2]好風景，
落花時節[3]又逢君。

註釋

1. 岐王：唐玄宗李隆基的弟弟李隆範，他喜好風雅，禮賢下士，還擅長音律。
2. 江南：此處唐代的江南在今天湖南省。
3. 落花時節：指暮春三月春花凋落的時候。這裏也隱喻安史之亂之後唐王朝由盛轉衰，社會凋敝，詩人與當年結交的藝術家亦都白髮蒼蒼、青春不再。

當年，在岐王宅裏看你演出，那是很平常的事。在崔九堂前，也曾經多次聽你唱歌。如今，正是江南落花紛紛的暮春時節，我和你又重逢了。

讀完想一想！

試將這首詩改寫成一個小故事。

詩詞中的美景

　　話說唐王朝昌盛時期，有位大名鼎鼎的李龜年。他是著名的宮廷歌唱家，當時紅極一時，歌喉婉轉悠揚、鏗鏘有力，深得唐皇李隆基寵愛。

　　詩人杜甫那個時候正當青年，在詩文界也已負盛名。

　　皇帝有個弟弟李隆範，賜封岐王。他博學多才，同時精通音律，偏愛吹拉彈唱的音樂大師。許多的文人雅客、藝術家，就常常聚集於岐王的宅第飲酒作樂，歌舞昇平。岐王宅那時候簡直就是門庭若市。詩人杜甫常受到邀請，因而在岐王家中看李龜年的表演，是一件很平常的事情。

　　另外有個貴族崔九。崔九家大堂裏，也時常高朋滿座，來的大多也是文藝名流。杜甫在崔九府中也就不止一次地聽過李龜年的歌唱了。

　　杜甫就這麼結識了李龜年，欣賞到了他的歌唱藝術。李龜年也仰慕詩人的天賦才華。二人都喜愛對方，時常詩來歌去地，相互陶醉於文藝優美的境界。

　　後來，安史之亂動搖了大唐根基，時代發生了巨變。李龜年過去常常出入於豪門貴族之家而過着優裕的日子，如今流落到江南，在民間賣藝為生。杜甫也流離到了江南一帶，生活艱難困頓、

愁病交加。二人自此失去了聯繫，再也沒有見面的機會了。雖然他們時常在夢裏再現藝術明星們聚會的歡樂場景，心中卻全都明白，一切只能是回憶，過去的盛年美景絕不會再重演了。

直至四十多年之後，一個暮春時候，豔麗芬芳的花兒都已頹敗，紛紛下落。詩人啊，此時已是腰彎背駝的衰病老者。李龜年，也是皤然白首的流浪漢了。少壯已逝，青春不再，當年的意氣風發、豪情滿懷都已俱付東流，隨着滄桑巨變而物是人非了。

但世間竟有如此巧合，他倆就在這花落時分，江邊渡口，一棵柳樹下不期而遇了。一番確認之後，他們雙手緊握，老淚縱橫，語不成聲。如何用筆墨形容這樣的會面呢？往昔繁華地，今日流落人。自然是互道離別後各自的凄涼落魄，以及不堪回首的種種往事了。

然而，儘管滄海桑田，今非昔比，本來只能夢裏出現的相見，此刻卻成真了，也不能不說是一種莫大的安慰啊！詩人不禁吟哦起古詩：「對酒當歌，人生幾何？譬如朝露，去日苦多。慨當以慷，憂思難忘。何以解憂？唯有杜康。」

於是，來到一家鄉村小酒店，他們暢飲了起來，一杯接一杯，卻怎麼也覺得不能完全地吐露心聲、道盡心事。胸中塊壘，如何小小的杯中物就能瞬間澆滅了呢？那詩人杜甫啊，就即興作了一首七言絕句。各位，正是這《江南逢李龜年》。

自此，「正是江南好風景，落花時節又逢君」，兩句絕唱不僅當時即流傳天下，時至今日都還被廣為傳唱，真是千古佳句，令人胸中感喟而潸然下淚啊！

詩詞小知識

　　李龜年是唐代開元初年著名的宮廷音樂家，不但擅長歌唱，還會演奏多種樂器和作曲。當時唐玄宗李隆基喜好音樂，格外賞識李龜年兄弟，他們也成為王公貴族府邸的常客，過着優裕的生活。安史之亂不但令唐王朝盛極而衰，無數杜甫這樣的文人顛沛流離，連專心於藝術的李龜年也不能倖免。崑曲《長生殿》有一折《彈詞》就是以李龜年的口吻感歎安史之亂，清代康乾年間最流行的崑曲名段，即所謂「家家收拾起，戶戶不提防」中的「不提防」，說的就是這折戲文。戲中李龜年感歎「不提防餘年值亂離，逼拶得歧路遭窮敗。受奔波風塵顏面黑，歎衰殘霜雪鬢鬚白。今日個流落天涯，只留得琵琶在！」「唱不盡興亡夢幻，彈不盡悲傷感歎。大古裏淒涼滿眼對江山！我只待撥繁弦傳幽怨，翻別調寫愁煩，慢慢地把天寶當年遺事彈。」最後他個人的自白，與杜甫《江南逢李龜年》遙相呼應，給人以興衰更替，無限蒼涼之感──「俺只為家亡國破兵戈沸，因此上孤身流落在江南地。恁官人絮叨叨苦問俺是誰，則俺老伶工名喚做龜年身姓李。」

金句學與用

正是江南好風景，落花時節又逢君。

　　同學們現在年紀還小，不太懂得這兩句詩中蘊藏的人生況味，但我們可以閱讀一些書籍，詢問家人，了解「久別重逢」「歷經滄桑」是怎樣的感覺。

出 塞[1]

唐　王昌齡

秦時明月漢時關[2]，
萬里長征人未還。
但使[3]龍城飛將[4]在，
不教[5]胡馬度陰山。

註釋

1. 出塞：出關，出征。

2. 秦時明月漢時關：這裏用了互文的手法，講的是明月與關城都還和秦漢時代的一樣。

3. 但使：只要，倘若。

4. 龍城飛將：指被譽為飛將軍的西漢名將李廣，他曾經駐守盧龍城（今天河北省喜峰口長城附近）。後來，「龍城飛將」被用來指代李廣、衞青等抵禦匈奴，建功立業的漢代名將。

5. 不教：不讓。

這首詩詞講甚麼？

　　秦漢時的明月啊，依然照耀着秦漢時的邊關。萬里出征保衞邊防線的士兵還未歸還。要是秦漢時期抗擊匈奴的衞青和李廣二位將軍還健在的話，那麼，一定不會讓匈奴再侵入邊關進行騷擾。

讀完想一想！

1. 詩人為甚麼要在這裏提到漢代的名將李廣呢？

2. 尋找一些古代征戰的故事，體會詩中的氛圍。

詩詞中的美景

　　那一輪明月啊，管甚麼前無古人、後無來者——千萬年來，總是日落而出、日出而落地照耀着人間。山間灑遍它的銀輝，川流裏搖曳着它的倒影。

　　秦漢時的邊關，遠離內地，人煙稀少，那麼的廣袤、蒼涼。那時的月亮，依然格外的明亮，照亮現時邊關的每一寸土地。

　　荒涼淒冷的邊關，自秦漢以來，就總是戰事不斷。匈奴人騎着雄壯彪悍的大馬，時不時地進關侵擾。當地的百姓過着極不安定的日子。

　　所以啊，漫長的邊關，駐守邊防線離家萬里的士兵們已經很久沒有回家和親人團聚了。他們每日勤奮地操練兵馬，時刻摩拳擦掌，準備與敵人拚死抗爭，絕不讓出一寸土地。有誰知道，他們只有晚上仰望那一輪明月，心中期望着月兒能夠懂得他們的思鄉之情是多麼的殷切，多麼盼望早日回家，和親人不再相隔萬里之遙啊！而家鄉的父老兄弟，也和他們一樣，盼望戰爭結束，邊塞安寧。

　　詩人深切地感受到，要是攻襲龍城的大將軍衛青和飛將軍李廣今天還依然健在的話，敵人的騎兵隊絕不會翻過陰山，到我邊境進行燒殺搶掠的。

今日的朝廷啊，請快快派遣像衞青和李廣那樣英勇善戰的將軍，來帶領為保衞家國不惜獻出生命的士兵，駐守邊關，擊退敵軍。聽，彷彿戰馬奔騰、戰鼓震天響，英姿颯爽的將士和士兵們正齊聲吶喊着：不教胡馬越過陰山！

詩詞小知識

中國古典詩詞中，常常會出現陰山這個地名。那麼它在甚麼地方呢？

陰山位於如今中華人民共和國內蒙古自治區中部，是黃河流域的北方邊界，也是富饒的河套地區的北緣。大家耳熟能詳的北朝民歌《敕勒歌》寫「敕勒川，陰山下，天似穹廬，籠蓋四野。天蒼蒼，野茫茫，風吹草低見牛羊。」描述了陰山附近的景物，和遊牧民族在當地放牧的場景。在中國古代，陰山山脈一帶是中原農耕民族和遊牧民族較量的地區，也是各民族混雜居住的地區。明代的《皇明九邊考》對陰山在戰略上的重要性這樣解釋：「中國得陰山，則乘高一望，寇出沒蹤跡皆見，必逾大磧而居其北。去中國益遠，故陰山為禦邊要地，陰山以南即為漠南，彼若得陰山，則易以飽其力而內犯，此秦、漢、唐都關中，必逾河而北守陰山也。」因此，難怪詩人希望朝廷能夠派出得力幹將鎮守邊關，抵禦來犯了。

金句學與用

但使龍城飛將在，不教胡馬度陰山。

　　這兩句詩是一種借古指今的手法。借用典故或名人的事跡，來表達自己的意思，不但委婉有節，而且增添了文化的氣息。

芙蓉樓送辛漸

唐　王昌齡

寒雨連江夜入吳，
平明[1]送客楚山孤。
洛陽親友如相問，
一片冰心在玉壺[2]。

註釋

1. 平明：天亮的時候。

2. 一片冰心在玉壺：冰心指的是純潔清白的心。南朝文人鮑照的《代白頭吟》中寫
   到「直如朱絲繩，清如玉壺冰」，即是以玉壺冰指代人高潔清白的操守品質。這
   句詩就是詩人剖白自己心性的言語。

夜裏，吳地的冷雨下得很大，都和江水連成一片了。天亮時，我送別好友離開了此地，但見楚山依舊孤獨地聳立着。到了家鄉洛陽，如果親友們問及我的狀況，你就告訴他們：我的這顆心，依然像一塊玉壺裏的冰那樣，純潔無暇。

1. 這首詩是詩人在家鄉送親友去外地，還是詩人在外地送親友回鄉呢？

2. 想像一下詩人與好友的對話，嘗試寫一寫。

詩詞帶我讀

詩詞中的美景

　　秋冬之交的夜晚，吳地寒涼的雨下得很猛很大，都和江水連成一片了。

　　我和至親至善的好友辛漸，今天夜裏在江岸的芙蓉樓裏飲酒談心。親愛的辛漸，望着連綿不斷的雨砸落在江面上，聽着答答地落在酒館屋頂上的雨聲，淒風苦雨中，我們一杯又一杯的飲酒。那酒，怎麼那般的苦澀呢？簡直就和我心中的鬱悶是一樣的。我們推心置腹地聊了一整夜，談古論今，也說不盡這天底下的不公之事。

　　你我都不是平庸之輩，可偏偏這世道，處處是奸佞小人，他們平步青雲，堂而皇之的享受着高官厚祿。而天下並不太平，百姓的日子總是那麼艱難困苦。你我的志向不得伸展，抱負不能實現。這酒，越飲就越加的苦辛起來了。

　　就這樣不知不覺的長夜過去了，天色漸漸地光亮起來，雨也停住了。但是太陽並不露面，而是層雲密佈，陰風慘慘，再加上馬上就要與辛漸分手，心裏的那份失落淒涼啊，真的是筆墨難以形容。

待我與辛漸握手道別，望着他漸漸遠去的身影，接下來就只有一座楚山與我相對了。遙望楚山，多少年來你就這麼孤立的聳峙着，請問你不覺得孤單嗎？現在只有我與你單獨相對，我的內心很覺得失落，充滿了悲傷。

　　想起剛剛送走辛漸的時候，縱然有千言萬語也說不盡了，就只能化成一片囑託：等你回到家鄉洛陽，如果有親朋好友問及我的情況，就請你這樣回答他們：我時刻思念着家鄉，想念家鄉的親人和好友。但是我目前還不能回去，還要孤獨的流落在人間，為了尋覓機會實現我的理想：達則兼濟天下，窮則獨善其身。得志顯達之時就要造福天下百姓，不得志時我就修身立德。我不會為了個人的私利去諂媚小人，更不會為理想的實現去巴結權貴，請他們放心吧。

　　你還要告訴他們：我的這顆心，就像用玉石做成的清澈透明的玉壺裏面的一塊冰那般，冰清玉潔、純淨無瑕。

詩詞小知識

詩中的芙蓉樓具體在甚麼地方，有湖南省洪江市黔陽古城，以及江蘇鎮江兩種說法。湖南的芙蓉樓是清代重修的園林式建築，被譽為「楚南上游第一勝跡」。鎮江芙蓉樓原建於古鎮江城內月華山上，為東晉刺史王恭所建，現在在遺址上重建了樓閣。

中國古代歷史積澱深厚的樓閣，常常因為一篇名詩美文，在文學史上流芳千古。除芙蓉樓外，還有「中國古代四大名樓」的說法。它們是位於湖北武漢的黃鶴樓（唐代崔顥《黃鶴樓》），湖南岳陽的岳陽樓（宋代范仲淹《岳陽樓記》），江西南昌的滕王閣（唐代王勃《滕王閣序》），山西永濟的鸛雀樓（唐代王之渙《登鸛雀樓》）。

你都讀過這些以名樓命名的作品嗎？

金句學與用

洛陽親友如相問，一片冰心在玉壺。

詩人在送別之際，以這兩句詩明白地表達了自己的心境，傳達自己的信念，體現了他的情操和對親友的深情。

寫抒情文時，從甚麼角度表達感情，如何表達感情才能讓文章昇華，亦是一門重要的學問。

閨 怨

唐　王昌齡

閨中少婦不知愁，
春日凝妝[1]上翠樓。
忽見陌頭[2]楊柳色，
悔教[3]夫婿覓封侯[4]。

註釋

1. 凝妝：盛裝打扮。
2. 陌頭：路邊。
3. 悔教：後悔讓……。
4. 覓封侯：指女主人翁的丈夫出征從軍，謀求建功立業。

這首詩詞講甚麼？

　　深閨裏的少婦，從來不知甚麼叫憂愁。在春光明媚的一天，她梳妝打扮好之後，登上了自家的高樓。她左顧右盼地欣賞着春天的景色，忽然看到路邊青青的楊柳，頓時後悔讓丈夫為封侯而遠征遙遠的邊關。

讀完想一想！

　　嘗試描述詩中女主人翁心緒變化的過程。

詩詞中的美景

　　我這個自小生活無比優越，從不懂得甚麼叫做憂愁的閨中少婦，雖說新婚不久，也還未曾嘗過相思別離的苦楚，一心期盼着丈夫獲得封侯以後，再行團聚，恩恩愛愛地度過一生。所以我自己整日待在閨房裏，也不覺得寂寞難耐。

　　這不正是一個陽光璀璨，温暖的初春之日，我便想盡興觀賞一番春景。我塗好胭脂，輕抹粉黛，再着羅裙，佩戴上美麗的飾物，輕移蓮步，環珮叮咚地登上了自家的高樓。

　　高樓前面及視野所到之處，遠遠近近的原野上，阡陌小路直到盡頭，全都籠罩着一派盎然的春意。桃花紅了，杏花白了，那迎春花就快凋謝了。天朗氣清，風和日麗，真是美極了！

　　我這個成天悠哉快哉、無所事事的女子，哪裏知道甚麼青春短暫、似水流年呢？可是，當我看到小路盡頭那一排楊柳樹，翠色青青，嫩嫩的柳絲隨微微的風兒輕輕地擺動，我那種悠然自得、逍遙快樂的感覺剎那間消失了。

　　想起一年前，也是柳色青青的這個時候，丈夫要從軍遠征遙遠的邊關，盼望着建功立業換來封個侯爵。那時我折了一枝柳條送給他，依依惜別，看着他騎着一匹健壯雄偉的馬，飛快地消失在這條小路上。

　　整整一年過去了，我們未曾會過面，連書信往來都難，要知道，萬里征途，一封家書抵得上萬兩黃金啊！

　　眼前正值春光明媚的時節，可憐我值青春年少，卻眼睜睜地把夫君送走了。「功名只向馬上取，真是英雄一丈夫」。要英雄作甚麼？我只想要丈夫陪伴。

　　想起曾經終日相依相伴，甜甜蜜蜜，現在卻只剩我一人在這兒賞春，形單影隻，孤獨寂寞；真不知他在那邊，如今也是楊柳依依柳絲長麼？或是黃沙漫漫，淒冷荒涼呢？

　　後悔啊，後悔當初，不該讓他為着甚麼遠大前途而與自己生生離別，真是懊悔啊！我這心裏呀，翻動着深深的感情，只是如今發出這般幽怨又有何用呢？我哽咽無聲，只能面向青青楊柳，悔恨，悔恨，再悔恨罷了。

　　古代詩歌中有一個門類叫做閨怨詩。它以獨守家中的女子或者被拘束在家中的少女為題材，描寫婦女對外出丈夫的思念，或者年輕女子的青春寂寞。雖然閨怨詩以女性為主角，但寫詩的大多是男性，除了描寫女子幽怨以外，一些詩人們還繼承屈原《楚辭》中將君臣關係比作男女關係，將自己被流放貶謫比作女子被丈夫拋棄的傳統，以詩中孤獨傷感的女主人翁自喻，來暗示君王不能識拔英才，自己懷才不遇。

金句學與用

忽見陌頭楊柳色，悔教夫婿覓封侯。

　　這兩句詩，成為了閨怨題材的代表。但是儘管女主人翁為鼓勵丈夫出門建功立業，不能陪伴在自己身邊而後悔，如果時光倒流，她還會不會這麼做呢？我們並不知道。作者在這裏設立了這樣的一個供人遐想的情境，起到了卓越的藝術效果。

涼州詞‧葡萄美酒夜光杯

唐　王翰

葡萄美酒夜光杯，
欲[1]飲琵琶馬上催。
醉臥沙場[2]君莫笑，
古來征戰幾人回。

註釋

1. 欲：將要。
2. 沙場：平坦空闊的沙地，古代用來指代戰場。

葡萄美酒啊，裝在白玉製成的夜光杯裏。戰士們剛想要開懷暢飲一番，馬上的琵琶手奏起了出發的樂聲。如果醉倒在戰場上，請你不要見笑。自古以來，兵士出征，有幾人能夠活着回家呢？

「醉臥沙場君莫笑，古來征戰幾人回」這兩句詩，你認為在這裏是表現戰場的殘酷和軍人們的傷感，還是別的情緒呢？

詩詞帶我讀

詩詞中的美景

那流光溢彩、琳琅滿目、酒香四溢的盛大筵席已經開場，一桌一桌的已經佈置停當。甘醇的紫紅色的葡萄美酒，裝在一隻隻白玉製成的杯子裏。玲瓏剔透的杯子，更襯托出葡萄酒的華美豔麗。

一旁有幾位樂師，演奏着優美的琵琶樂曲：忽而如裊裊娜娜的美人輕舞、輕鬆歡快、扶搖直上；忽而如從高空急轉而下，似大珠小珠墜落在玉盤上，急促激越，彷彿在催促着將士們痛痛快快地豪飲一番。

將士們你斟我酌，相互碰杯：勸君更盡一杯酒，一杯一杯又一杯。一番痛飲之後，已經都有些微微的醉意了。他們一面盡情地飲酒，一面大聲地發出豪言壯語，個個意氣風發。

哪裏看得出，在這寂寥荒蠻的邊塞，北風狂吹，黃沙漠漠，塵土飛揚的地方，將士們正面臨一場用生命和敵人以死相拚，保家衞國的大戰。此時，笑聲、話語聲、碰杯聲，聲聲入耳；觥籌交錯，杯盤狼藉。將士們已將生死置之度外，只知將奔放的思想感情盡意地發泄出來了。

這時，馬上的琵琶手忽然奏起了奔赴戰場的樂聲。

也許有人想放下酒杯出征了吧？這邊廂立即有人高喊：「不停，不停！繼續飲，繼續喝，喝它個一醉方休，再上戰場廝殺！廝殺！」

　　確實是的呀！就算是醉倒在戰場上，也請你不要見笑。諸位仔細想想，自古以來，遠征邊塞的將軍也好，士兵也罷，有幾個能夠活着回來的？青山處處埋忠骨，何必馬革裹屍還！

　　號角勁吹，將士們飲罷最後一杯葡萄美酒，手舉刀槍齊聲高唱《涼州曲》：「醉臥沙場君莫笑，古來征戰幾人回！」

詩詞小知識

　　前面提到，《涼州曲》是描述邊塞生活的樂曲，因此演奏時會出現很多頗具邊地少數民族特色的樂器，比如琵琶。琵琶和《涼州曲》之間的關係，在唐詩中亦有不少體現，如以下二詩：

王家琵琶
張祜

金屑檀槽玉腕明，子弦輕捻為多情。
只愁拍盡涼州破，畫出風雷是撥聲。

涼州館中與諸判官夜集

岑參

彎彎月出掛城頭，城頭月出照涼州。

涼州七里十萬家，胡人半解彈琵琶。

琵琶一曲腸堪斷，風蕭蕭兮夜漫漫。

河西幕中多故人，故人別來三五春。

花門樓前見秋草，豈能貧賤相看老。

一生大笑能幾回，斗酒相逢須醉倒。

金句學與用

醉臥沙場君莫笑，古來征戰幾人回。

這兩句詩寫出了邊塞將士的心聲。在語言上它採取自問自答，自設語境自己解釋的方式，避免乾巴巴的平鋪直敍，言語上的轉折，帶來的是震撼人心的藝術效果。

九月九日憶山東兄弟

唐　王維

獨在異鄉為異客[1]，
每逢佳節倍思親。
遙知兄弟登高[2]處，
遍插茱萸[3]少一人。

註釋

1. 異客：身在異地的客人。
2. 登高：九月九日是重陽節，中國傳統有爬山登高的風俗。
3. 茱萸：一種芳香植物，重陽節風俗佩戴茱萸可以驅邪避災。

這首詩詞講甚麼？

　　一個人孤獨地漂泊異鄉，每逢美好的節日到來，都會加倍的思念親人。與家鄉相隔遙遠，我也知道兄弟們登高遠望的時候，頭上插着茱萸，只是少了我這個人。

讀完想一想！

1. 嘗試以詩人的口吻，給在遠方的家人寫一封信。

2. 今天的團圓佳節，一般是春節與中秋節，這兩個節日有甚麼風俗呢？

詩詞中的美景

　　我一個人，告別了眾兄弟，為求取功名漂泊在長安。身為男兒，以普濟天下蒼生為抱負，是一件偉大的事業。因而我不怕任何困難，寧願舉目無親忍受孤獨，離家千里之遙。但是，離開了親愛的熟悉的家鄉，心裏還是有些悲涼。

　　特別是到了重陽節，以往的這一天啊，我們眾兄弟都要興高采烈地一起去登山。那秋日的山巒，格外的絢麗多姿、五彩斑斕。秋高氣爽，天朗氣清。在如此美妙的季節，我們登上了山頂。

　　舉目遙望，視線所及之處，是那麼的開闊遼遠，太陽溫煦地照耀着，人的心胸也覺頓時爽朗起來了。我們採摘茱萸，每人頭上都插得滿滿的。茱萸芬芳的香氣陣陣襲來。我們一塊兒說說笑笑，歡樂極了。

　　今天又是重陽節，菊花綻蕊、楓葉初紅，漫山遍野的野花五顏六色。你們，我的兄弟們，此刻想必已經登上峰頂了。這是個闔家團圓的節日啊，我對你們的思念，比平日更為深厚了啊！

　　不光是回憶起了登山的情景，也想起了家鄉的山山水水、我家的茅草屋、一草一木、小池塘，和夜晚天空中明亮的星星。

　　我是如此地感到孤單，如此地想立刻回到你們身邊去，然而，車馬勞頓，歸程遙遙，談何容易！那麼，此時此刻，遠在山東我的兄弟們，你們一定也發現，怎麼少了一個兄弟呢？那就是我啊！你們思念我，也一定和我一樣的悵惘了。

詩詞小知識

　　在中國古代，重陽節是一個很重要的節日。這一天人們要祭拜祖先，登高望遠，佩戴茱萸、菊花，吃重陽糕，喝菊花酒，祈求消災祛病。由於重陽節的這些活動往往是一家人齊聚一堂進行的，在外遠遊的人們到了這天，便不免會思念家鄉和親人。以下兩首是唐代名家撰寫的重陽詩，可以和王維的這首比較，看看有甚麼異同：

蜀中九日
王勃

九月九日望鄉台，他席他鄉送客杯。
人情已厭南中苦，鴻雁那從北地來。

行軍九日思長安故園
岑參

強欲登高去，無人送酒來。
遙憐故園菊，應傍戰場開。

金句學與用

獨在異鄉為異客，每逢佳節倍思親。

　　這兩句詩，可以說是描寫在外遊子心境的名句了。雖然這兩句詩沒有華麗的辭藻，卻非常直白地道出了千千萬萬有共同經歷的人們的心情。

初春小雨 /
早春呈水部張十八員外

唐　韓愈

天街[1] 小雨潤如酥[2]，
草色遙看近卻無。
最是一年春好處，
絕勝[3] 煙柳滿皇都。

註釋

1. 天街：京城的街道。
2. 潤如酥：酥是指動物的油脂，這裏是比喻春雨細膩。
3. 絕勝：最好，最美麗。

帝都的大街上下着濛濛小雨，絲滑柔細，像是酥油一樣。遠遠望過去，草地一片綠綠的顏色，走近些再觀看，草色並不是那麼的濃密了。

一年之中，初春是最美妙的季節，而最美的風景，又是處處柳色如煙的帝都啊！

1. 從本詩中學習比喻，嘗試寫一段春天的景色。

2. 你認為你家附近初春甚麼景色最美麗？嘗試描寫。

詩詞帶我讀

詩詞中的美景

　　早春是一年之中最美好的季節，滿眼的綠意茸茸。實在坐不住了，約好友張籍一起出來踏春。但是他已年過花甲，體力不支，婉言謝絕了。於是我只好獨自離開家遊覽一番。

　　這時節，正值嚴冬已去，春之女神的足跡踏遍了人間的每一個角落。帝都的景色尤其秀麗。小雨飄落，滋潤着萬物，真的是「沾衣欲濕杏花雨」。手中拿一把傘，卻不用張開。因為這濛濛細雨啊，絲滑、柔細，輕飄飄地，撒在臉龐，感覺就和酥油一樣的細膩滋潤。

　　春天的小雨，雖說不及夏季的暴雨滂沱，挾帶着冰雹和雷電大風的那種磅礴氣勢，也不似冬天大雪紛飛帶來的那種酷冷嚴寒，它獨具特色、溫煦美妙。

　　我放眼望去，只見草色青青若綠絲毯一般，朦朦朧朧。待我走近綠綠的草地，才發現，原來這密密的綠色，是小草讓細雨沾濕後，才呈現出來的。遠觀綠意濃濃又似有似無，近看則是淡淡舒朗的了。

　　欣賞過草地，我又舉目觀望四方，桃花紅了，杏花白了，楊樹也吐出了嫩嫩的葉苞。那排排的柳樹啊，已生出嫩綠的枝條，綻放出片片美人眉黛樣的葉片。

柳絲長長，在細密的雨中，被風兒吹得搖東倒西，不停地擺動着，就連不怕小雨的麻雀，都不敢飛到柳枝上去玩耍了。柳絲沾惹着春雨，在朦朦朧朧中，那鵝黃夾着淡綠，就這麼輕輕地搖，慢慢地擺，看起來如片片迷濛的煙，似團團綠色的霧，簡直妙不可言。

這蔥綠的草色和煙柳，就是遍佈帝都的處處絕妙景色了。

即便是畫家也未必能夠用彩筆把它描繪得恰到好處呢，更何況我這四句小詩了。

可我仍要把這首小詩獻給你，親愛的詩友張籍。很遺憾你未能走出家門賞玩春景，就讓這首詩，帶去些春意，使你開心快樂吧。

詩詞小知識

唐詩中的春雨，可以和春天的花朵新芽聯繫在一起，也可以和農民開始一年勞作聯繫在一起，它清幽潤澤，無聲無息地滋養着萬物。在這裏我們也來讀讀講述春雨知名度較低，但亦別有韻致的幾首詩，領略一下它們描述了怎樣的景色和作者的心境吧。

裴端公使院，賦得隔簾見春雨

包何

細雨未成霖，垂簾但覺陰。

唯看上砌濕，不遣入簷深。

度隙沾霜簡，因風潤綺琴。

須移戶外屨，簷溜夜相侵。

春雨

齊己

欲佈如膏勢，先聞動地雷。

雲龍相得起，風電一時來。

霢霂農桑野，冥濛楊柳台。

何人待晴暖，庭有牡丹開。

喜春雨有寄

李中

青春終日雨，公子莫思晴。

任阻西園會，且觀南畝耕。

最憐滋壟麥，不恨濕林鶯。

父老應相賀，豐年兆已成。

金句學與用

天街小雨潤如酥，草色遙看近卻無。

在撰寫景物描寫文時，我們常常苦惱要怎麼寫出新意。這兩句詩第一句用一個常見但精巧的比喻，寫出了春雨貴如油的節令特色和初春小雨細膩的觸感。第二句寫出了若有若無的草色，這既是初春植物剛萌發時的特色，也是小雨沾濕草葉時，人的眼睛可以看見的景象。

 描寫景物的妙語，往往就藏在生活當中。

晚春二首・之一

唐　韓愈

草樹知春不久歸[1]，

百般紅紫鬥芳菲。

楊花榆莢[2] 無才思[3]，

惟解[4] 漫天作雪飛。

註釋

1. 不久歸：即將結束。
2. 榆莢：又叫榆錢，是榆樹的種子，因其外形圓薄如錢幣，故而得名。
3. 才思：才學能力。
4. 解：知道。

各類的小草和樹木，似乎明白，春天就要過去，因此它們爭奇鬥豔，百花齊放、萬紫千紅。柳樹和榆樹並無大才深思，也懂得讓楊絮和榆錢像雪花似的漫天飛舞。

1. 我們在前面已經讀過不少描寫晚春的唐詩，這首詩和它們相比有甚麼特別之處？試說明。

2. 有人說詩中「無才思」的楊花榆錢是作者在諷刺沒有才幹卻四處鑽營的小人；亦有人說這是詩人對儘管不如花朵美麗但仍不負春光，享受生命的植物的讚美，你的觀點是甚麼呢？

詩詞帶我讀

詩詞中的美景

你看那迎春妙曼桃花紅、杏花粉白柳絲長；你看那春雨細細楊柳風，遊人行在畫圖中。怎樣的初春妙景啊！然而，春光易逝人易老，這迎春萎謝桃花落、杏花一地的繽紛落英，轉眼就到了暮春時節。

這個時候，花兒草兒和樹木，似乎懂得：春之將盡，仍需花兒豔、草兒綠、樹木佔盡春光不肯休，放開了一樹的奇花：山茶花兒白，玉蘭如玉雕，海棠嬌媚，牡丹國色天香，丁香綻紫，玫瑰豔麗……紛紛使出渾身解數，拚了力的去爭奇鬥豔、萬紫千紅、清香不斷、芳氣襲人、如雲似霞、爛漫多姿。

誰說草木無知，花兒無心？這五彩斑斕的景象由哪裏來？朝氣勃勃競相回春的氣勢又怎能不讓人驚歎不已呢？

牡丹和玉蘭應為花之魁首，玫瑰是花娘子，海棠為俏美人兒，而丁香則是深閨女兒出閨門……就連那看似無甚才思的高大的柳樹，也不甘落寞，山坡上、庭院裏，抖擻自身，飛揚出千朵萬朵如雪似的柳絮，弄了個漫天飛舞。還有那榆樹，庭院深深鎖不住、野山荒坡也精神，放出無數的雪也似的榆錢，漫山遍野地飄揚，也夠有氣魄有膽識啊！

更不用說那野花佔盡每一寸荒野，毫不張揚地自顧自地搔首弄姿了。

真個是：暮春時節雨紛紛，路上行人欲斷魂。姹紫嫣紅才盛放，百般鬥豔雨中奇。

詩詞小知識

說到晚春，經常有文人感歎春光逝去，花朵凋謝，就像人的美好時光飛快流逝，產生傷感憂鬱的情緒。但這裏詩人作《晚春》二首，被解讀為諷喻也罷，讚美也好，詩中呈現出的卻是一番生機勃勃的熱鬧景象。這裏我們再來看一看韓愈《晚春》組詩中的第二首，它採用的意象和第一首差不多，表達了詩人甚麼樣的情緒呢？

誰收春色將歸去，慢綠妖紅半不存。
榆莢只能隨柳絮，等閒撩亂走空園。

金句學與用

楊花榆莢無才思，惟解漫天作雪飛。

　　楊花和榆錢都是無意識的植物產物，隨風飄舞亦只是它們無意識的被動動作。但是詩人用擬人的手法，將它們的舞動比作有意識的行為，寄寓了自己的思想，也給詩句增添了靈動的氣韻。

題榴花

唐　韓愈

五月榴花照眼[1]明，
枝間時見[2]子初成。
可憐[3]此地無車馬，
顛倒[4]青苔落絳英[5]。

註釋

1. 照眼：耀眼。
2. 時見：常常、不時見到。
3. 可憐：可愛。
4. 顛倒：迴旋，散亂。
5. 絳英：落下的大紅色花瓣，這裏指石榴花的花瓣。

　　五月，石榴花開得很養眼，枝條上綠葉間可見不少小小的果實剛長出來。這個地方沒有往來的車馬，否則紅紅的石榴花就會在青苔上被車馬碾得一片狼藉了。

1. 你見過石榴花嗎？請用自己的文字描述一下它的樣子。

2. 請說明詩人最後兩句詩中，為甚麼對「此地無車馬」感到高興。

詩詞中的美景

　　五月，樹木早就生枝發葉，形成茂盛的綠綠森林了。姹紫嫣紅、百花爭豔的景象已經落下帷幕。探春惜春春已去，初夏來臨了。

　　但見在簡陋的茅草房旁、深深庭院裏，總有一兩株石榴樹，或位於不起眼的籬笆旁，或依傍着主人最喜愛的角落。它的身影弱小無助似的，悄悄地兀自樹立，不張揚也不倨傲。當萬物萌發、百般紅紫鬥芳菲的時候，它也嬌小得可憐，似乎無意參與到那龐大的花的海洋之中去。石榴樹啊，甚至有時候，都沒人對它投以目光，以致於常常忽略它的存在。

　　然而，有誰有着詩人那麼細膩柔美的眼睛，又有誰有着詩人那般多情浪漫的情懷呢？在一處偏僻的地方：是荒坡山野？詩人漫步其中，正歎惋春的離去，只有些零落的花兒依舊盛放，因而此行缺少了春的陪伴。

　　忽地，他發現一面野坡下，小河旁，一株石榴正開着花，從密密的枝葉間，一朵朵地探出頭來。石榴花開似火紅，果然如此，竟然把詩人的眼睛都映得亮起來了。

　　他於是不由得停了腳步，仔細地觀賞，枝葉之間竟然已經長

出許許多多小小的一顆顆果實了。用不了多久，它們便會長成一個個大石榴，不僅十分美觀，還可以大飽口福。

哎呀呀，你怎麼這麼好看、這麼奇特呢？相比之下，我覺得甚至牡丹都乏味，層層疊疊，笨拙不堪。石榴花，不那麼嬌媚，花朵也不像秋菊那樣的重蕾疊瓣，卻尤其動人心弦，使人感佩不已而深深地喜愛上它了。

詩人再低頭，又看見河邊大大小小的石塊上，佈滿了油綠的青苔。那青苔上面及四周，滿是石榴花的落英。那種殷紅深透，襯托着湛密柔膩的綠絲樣的青苔，實在美得震撼了詩人的心思。

他本想伸手採摘一朵石榴花，卻又於心不忍，終未得手，就讓它們靜靜地在枝條上綻放，然後自然而然地，墜落到青苔之上，豈不是很美妙？

詩人這麼想的時候，又舉目向遠處觀望，原來，這是小山村外的一片荒野。那麼乘馬車的豪官貴族是不會來此了。

詩人暗自慶幸：所以嘛，沒有了車轍的滾壓，沒有了馬蹄的踐踏，我才能看到這麼美的一幅畫作，真的是不虛此行啊！不然，青苔與石榴花會被糟蹋得亂七八糟，與泥污混在一處，那石榴花落下來，狼狽不堪的樣子可就讓我無限的憐惜了。

石榴並不是中國本土原產，而是從西域引進的植物。《博物志》中記載：「張騫出使西域，得安塗林安石榴以歸，名為安石榴。」人們喜歡石榴花鮮紅似火的模樣，也喜歡石榴籽粒飽滿的果實，給這種植物賦予了很多美好吉祥的寓意。像古代女子大紅的裙子，就被稱作「石榴裙」；石榴果實因為顏色鮮豔，籽粒眾多，被古代中國人認為是多子多福的象徵。

金句學與用

五月榴花照眼明。

我們寫作文時，時間節令是一篇文章常見的要素。如果覺得單說時間太過平淡，也可以採取引用古詩文的方式。

 因為韓愈這首詩膾炙人口，提到五月，人們就不禁想起火紅的石榴花，那麼反過來說「石榴花開的時節」，也會讓人想到春末夏初的情形了。

秋夜寄邱員外

唐　韋應物

懷君屬[1]秋夜，
散步詠涼天。
空山[2]松子落，
幽人[3]應未眠。

註釋

1. 屬：恰逢，正好

2. 空山：人跡罕至的幽深山林。

3. 幽人：幽居隱逸的人，這裏指的是邱員外。

想念你啊，在這秋的夜晚；我一邊散步，一邊詠歎悲涼的秋天。

空寂的山中，正是松子紛紛下落的時候。你這仙風道骨的人哪，此刻，是否也在思念我而沒有入眠呢？

1. 你有沒有想念朋友的經歷呢？
2. 詩人的朋友喜歡住在幽靜的深山裏，這是為甚麼？

詩詞中的美景

　　秋風蕭瑟天氣涼，草木搖落露為霜。詩人因而有感於懷，不肯早早入睡，獨自在漫天清涼的夜晚散步。

　　秋的天空清澈而高遠，一輪明月啊，緩緩由東方升起，灑滿遍地銀輝。這麼靜寂，這麼美妙絕倫！秋啊，雖不如盛夏時節鮮花處處開放那般絢麗，卻也是黃葉鋪地，有着另一種凋零的美。

　　詩人仰望夜空，看月兒悄悄地越升越高，不由得心中詠歎，原來這秋天，也自有它獨特的韻味啊！如此夜晚，我一人欣賞着秋夜，怎能不想起邱丹呢？想當初，我倆在蘇州時一起度過多少親密的日子，可是如今，你卻去臨平山學道去了。

　　親愛的朋友，想來在臨平山，那麼一種幽靜、逃離人世諸多蕪雜，剪斷三千煩惱絲的日子裏，你都快成為不食人間煙火的得道仙人了吧？在那空曠的大山裏，也一樣的正是涼爽的秋季。松子成熟，紛紛下墜，那不僅僅是松鼠愛吃的食物，也是學道的隱士們常常食用的佳果啊。

　　匆匆人生，聚散無常，真使我的心情像這悲涼的金秋一樣，惆悵起來了。我們相隔兩地，我在這裏徘徊沉吟思念你，你呢，應該也在懷念我們在一起的時光吧？

一樣的秋色，不能促膝談心，不能對月吟詩，但我們互不相忘，千里神交，也和杯盞交錯，談笑風生一樣地給人安慰呀！邱丹，你現在一定也正散步於朗朗月色之中，或在月明窗前，因思念我而難以入眠吧？

詩詞小知識

　　本詩中詩人的朋友姓邱，有個「員外」的頭銜，我們在古裝劇裏也經常聽到這個稱呼，那麼甚麼是員外呢？「員外」是員外郎的簡稱，它原本是指設於正員、定員以外的中國古代官職，唐代的員外郎，在六部和尚書省都有供職。之後民間也把有一定財富和社會地位的人尊稱為員外。

金句學與用

空山松子落，幽人應未眠。

　　親愛的朋友，我在想着你；你在遙遠的地方，是不是也在想念我呢？也許同學們還比較少經歷這樣的心情，但是讀着古人的詩，也可以體味人生百態。

　　掛念一段時間未見的親朋好友的心情，是否和這句詩的意境相呼應呢？

離 思

唐 元稹

曾經滄海難為水，
除卻巫山不是雲。
取次[1] 花叢懶回顧，
半緣[2] 修道半緣君。

註釋

1. 取次：隨便，懶洋洋草率的樣子。
2. 緣：因為。

這首詩詞講甚麼？

曾經見識過茫茫大海的人，其他無論甚麼樣的江河湖泊就都看不上了；觀賞過巫山的雲霧，其他無論甚麼地方的雲就都不會去欣賞了。當我漫步於鮮花盛開的花叢，我也無動於衷，甚至都懶得去觀看，這當中的原因，一是我讀聖賢書修身向道，也是因為有你在我心中。

讀完想一想！

這首詩常常被用於描寫夫妻或戀人之間深厚的感情，你還能舉出一些類似的詩句嗎？

詩詞中的美景

　　蒼茫的大海，多麼的開闊，多麼的深廣啊！站立在海邊遙望，看由天際而來的滾滾波濤，造物的神功真令我無比震撼啊！此後，即使見到無數的河流、湖泊、池塘，儘管它們清澈無比、碧波微漾，水面雲影搖曳，可是這些美麗的景色，都不能打動我的心了。它們哪裏能夠和大海的寬闊深廣相比呢？

　　長江三峽的巫山，有座朝雲峰，它俯臨江水，終年雲霧繚繞、彩霞紛披。傳說這雲霧為神女所化。山峰的上端深入高遠的天空，下端直入江淵深處。美貌如松亭亭玉立，秀麗如柏青翠欲滴。所以啊，我曾經到過巫山，親眼目睹朝雲峰如同美人一樣嬌豔的形態，那上面的雲霧使我頓生遐想。相比之下，別處的雲，看起來就黯然失色、了無意趣了。

　　我的妻子韋叢，她知書達理，聰穎賢慧。我倆的感情就如滄海之水那麼深廣，像巫山之雲那般美好。不幸的是，她早早就病逝離我而去了。每當我獨自一人看着她曾經縫製的衣裳，那針針線線依然清晰可見，不禁回憶起相依相偎的時光而淚流滿面，不由得吟哦起「神女去已久，雲雨空冥冥。惟有巴猿嘯，哀音不可聽」的詩句來。

　　而當我漫步於鮮花盛開的花叢，儘管花朵嬌豔、花香襲人，我也無動於衷，甚至都懶得去觀看，更不會細細的欣賞一番了。

雖說人世間還有眾多美麗聰慧的女子，我也絕不會動心了。

這是為甚麼呢？是因為我終日讀聖賢書，深明聖賢之道嗎？或許是的。然而你裊娜的身影啊，我怎能忘記？你我朝夕相伴的深深情意，我又怎能不回憶呢？終究還是因為你啊，我的愛妻！

詩詞小知識

「曾經滄海難為水，除卻巫山不是雲。」這兩句話可以說流傳千古，不過它們所指的典故和內含的意味，也是「站在巨人的肩膀上」。

「曾經滄海難為水」這句話，一般認為是來自《孟子·盡心章句上》中「孔子登東山而小魯，登泰山而小天下。故觀於海者難為水，遊於聖人之門者難為言」這幾句話。看過大海的人就看不上普通小河溝的水了，在聖人那裏做過學問，自己的境界也就提升了。這原本是一段鼓勵人不斷提升境界，立志高遠的話。

「除卻巫山不是雲」則來自戰國末期宋玉的《高唐賦》，它的內容講的是楚王和巫山神女相會的故事，而宋玉優美的文筆，動人的情節，令這篇賦成為傳世經典。賦中神女和楚王告別時說：「妾在巫山之陽，高丘之阻，旦為朝雲，暮為行雨。朝朝暮暮，陽台之下。」於是後人又用「巫山雲雨」指代男女之情。詩人在詩中使用這個典故，即是懷念自己的妻子，也暗含了妻子如同巫山神女一般美好，她去世以後，世間也就沒有能令他動心的人了。

金句學與用

曾經滄海難為水，除卻巫山不是雲。

　　這兩句詩，可以說寫出詩人對妻子深沉的感情。到了今天，這兩句話也可以被引申為經歷過最好、最刻骨銘心的事物之後，對普通的東西或平凡的場面就不會驚訝了。

責任編輯　楊歌
封面設計　鄧佩儀
排版　　　鄧佩儀
印務　　　劉漢舉

王濤 策劃

王欐嫻 編著

出版｜中華教育

香港北角英皇道 499 號北角工業大廈 1 樓 B 室

電話：(852) 2137 2338　傳真：(852) 2713 8202

電子郵件：info@chunghwabook.com.hk

網址：http://www.chunghwabook.com.hk

發行｜香港聯合書刊物流有限公司

香港新界荃灣德士古道 220-248 號　荃灣工業中心 16 樓

電話：(852) 2150 2100　傳真：(852) 2407 3062

電子郵件：info@suplogistics.com.hk

印刷｜美雅印刷製本有限公司

香港觀塘榮業街 6 號海濱工業大廈 4 字樓 A 室

版次｜2021 年 12 月第 1 版第 1 次印刷

©2021 中華教育

規格｜16 開（230mm x 170mm）

ISBN｜978-988-8759-82-8